KB006373

100년전 우리가 먹은 음식

식탁 위의 문학 기행

100년전 우리가 먹은 음식

식탁 위의 문학 기행

백석 · 이효석 · 채만식 외

가갸날

들어가는 말

명태 창난젓에 고추무거리에 막칼질한 무이를 비벼 익힌 것을
이 투박한 북관北關을 한없이 끼밀고 있노라면
쓸쓸하니 무릎은 꿇어진다

시큼한 배척한 퀴퀴한 이 내음새 속에
나는 가느슥히 여진女眞의 살내음새를 맡는다

얼근한 비릿한 구릿한 이 맛 속에선
까마득히 신라 백성의 향수도 맛본다

백석의 시 〈북관〉北關 전문이다. 음식이 삶과 문화의 젖줄임을 이 짧은 절창보다 잘 대변하는 것도 없을 것 같다.

웅숭깊은 뿌리를 갖고 있으면서도 아침저녁으로 변하는 것 또한 입맛이다. 문득 궁금해진다. 저마다 식도락가를 자처하며 혀의 즐거움을 만끽하고 있는 오늘의 우리 음식 문화는 언제 태동한 것일까.

100년 전만 해도 서울사람들은 대부분 냉면을 몰랐다. 불고기는 1920년대 중반이 되어서야 등장한다. 놀라운 일이다. 우리가 즐겨 먹는 음식의 역사가 채 100년도 되지 않는다니!

손가락으로 헤아릴 정도였던 음식점이 폭발적으로 늘어난 것은 1920년대 들면서였다. 우후죽순 음식점과 선술집이 생겨났다. 문화혁명과도 같았을 이 격랑의 양상은 어떠했을까? 과거와 현재, 전통과 현대, 보수와 개혁이 충돌하고 일합을 겨루던 그 다채롭고 생동감 넘치던 현장을 요리책에서는 찾아볼 수 없다. 다행히 우리에게는 문학이 있다. 눈 밝은 문인, 문사 들이 이 드라마틱한 장면을 소설로, 산문으로, 르포르타주로 담아냈다.

창난젓깍두기 하나가 숱한 이야기를 응축해 보여주듯이, 이 책에 실린 작품들은 오늘의 우리 음식 문화가 태동하던 시기의 모습을 저마다의 빛깔로 포착해 내고 있다. 문학으로 말하는 우리 음식사라고 할 수 있다. 함께 들어 있는 이미지 자료는 역사적 가치가 매우 높은 것들이다. 구본웅, 안석영, 나혜석 등의 귀한 그림은 백 마디 말보다 더 사실적으로 당시의 음식 문화를 보여준다.

2017. 10
엮은이 이상

차례

1부 내 봄은 명월관 교자 먹기일세

2부 음식, 소설이 되다

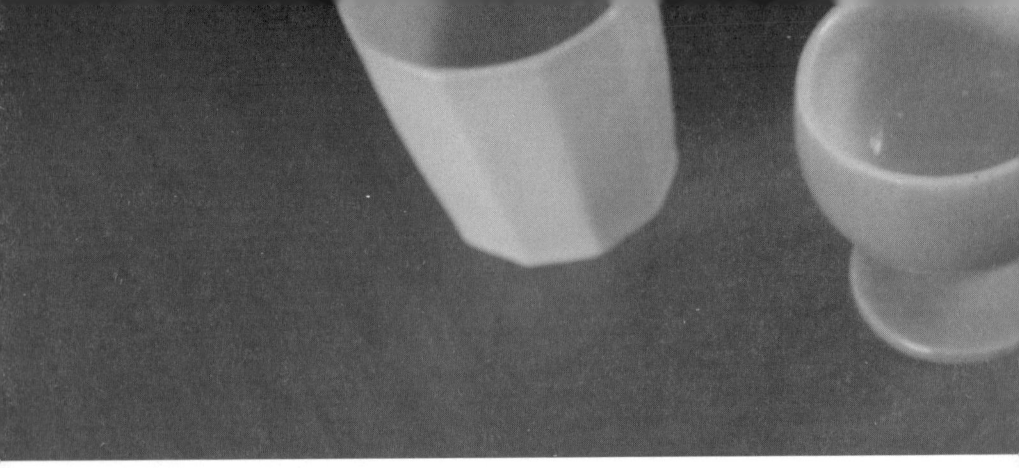

3부 추탕 집 머슴으로

4부 팔도 명물 음식 예찬

일러두기

1. 이 책에 실린 글은 1909년부터 1943년까지 발표된 것이며, 1920년대가 중심을 이룬다.
1부는 산문(〈국수〉는 시), 2부는 소설, 3부와 4부는 르포르타주 및 기사를 모았다.

2. 띄어쓰기와 맞춤법은 현재의 한글 맞춤법 표준안을 따르는 것을 원칙으로 하되,
문학작품의 경우 사투리를 살렸다. 외래어는 오늘의 외래어 표기법에 맞게 바꾸었다.

3. 원본의 한자는 한글로 표기하고, 의미 전달을 위해 필요한 곳에는 한자를 덧붙였다.

4. 이 책의 대상은 연구자가 아닌 일반 독자이다. 르포르타주와 기사 등에서 지나치게 난삽한 한자식
표현을 한글 표현으로 바꾼 다음 한자를 부기한다든지 문장의 일부를 교정한 것은 그 때문이다.

5. 독자의 이해를 돕기 위해 필요한 곳에는 주석을 달았다.

1부

내 봄은 명월관 교자 먹기일세

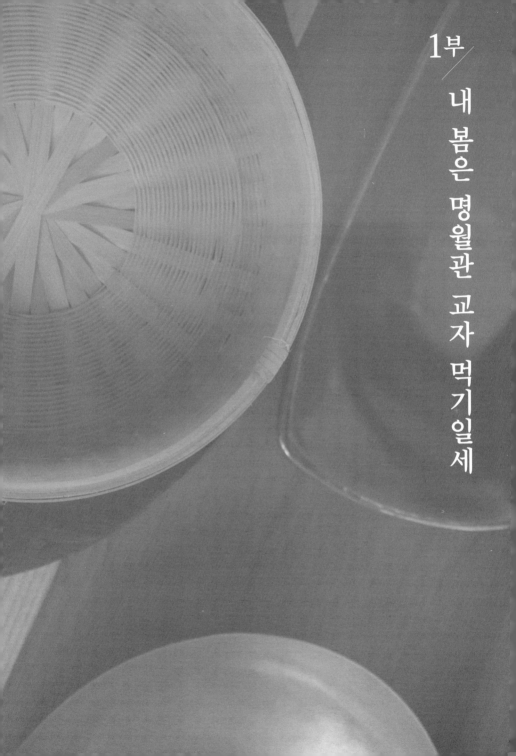

가재미, 나귀

백석

시인. 북방의 토속 방언이 생생하게 살아 있는 시집《사슴》으로 큰 반향을 불러일으켰으며, 음식을 소재로 한 시가 많다.

동해 가까운 거리로 와서 나는 가재미와 가장 친하다. 광어, 문어, 고등어, 평메, 횃대…. 생선이 많지만 모두 한두 끼에 나를 물리게 하고 만다. 그저 한없이 착하고 정다운 가재미만이 흰밥과 빨간 고추장과 함께 가난하고 쓸쓸한 내 상에 한 끼도 빠지지 않고 오른다.

나는 이 가재미를 십 전 하나에 뼘가웃씩 되는 것 여섯 마리를 받아들고 왔다. 다음부터는 할머니가 두 두름 마흔 개에 이십오 전씩 사 오시는데, 큰 가재미보다도 잔 것을 내가 좋아해서 모두 손길만큼한 것들이다.

그동안 나는 한 달포 이 고을을 떠났다 와서 오랜만에 내 가재미를 찾아 생선장으로 갔더니 섭섭하게도 이 물선은 보이지 않았다. 음력 8월 초승이 되어서야 이 내 친한 것이 온다고 한다.

나는 어서 그때가 와서 우리들 흰밥과 고추장과 다 만나서 아침, 저녁 기뻐하게 되기만 기다린다. 그때엔 또 이십오 전에 두어 두름씩 해서 나와 같이 이 물선을 좋아하는 H한테도 보내야겠다.

묘지와 뇌옥牢獄과 교회당과의 사이에서 생명과 죄와 신神을 생각하기 좋은 운흥리를 떠나서 오백 년 오래된 이 고을에서도 다 못한 곳, 옛날이 헐리지 않은 중리로 왔다.

예서는 물보다 구름이 더 많이 흐르는 성천강이 가깝고 또 백모관봉의 시허연 눈도 바라보인다. 이곳의 좌우로 긴 회灰담들이 맞물고 늘어선 좁은 골목이 나는 좋다. 이 골목의 공기는 하이야니 밤꽃의 내음새가 난다.

이 골목을 나는 나귀를 타고 일없이 왔다 갔다 하고 싶다. 또 여기서 한 오 리 되는 학교까지 나귀를 타고 다니고 싶다. 나귀를 한 마리 사기로 했다.

그래 소장, 마장을 가보나 나귀는 나지 않는다. 촌에서 다니는 아이들이 있어서 수소문해도 나귀를 팔겠다는 데는 없다.

얼마 전엔 어느 아이가 재래종의 조선말 한 필을 사면 어떠냐고 한다. 값을 물었더니 한 오 원 주면 된다고 한다. 이 좀말로 할까고 머리를 기울여도 보았으나, 그래도 나는 그 처량한 당나귀가 좋아서 좀 더 이놈을 구해 보고 있다.

—《조선일보》 1936. 9. 3

유경식보 柳京食譜[1]

이효석

소설가. 〈메밀꽃 필 무렵〉 〈노령근해〉 등의 작품이 있다.
1934년부터 평양 숭실전문학교 교수로 재직.

평양에 온 지 사 년이 되나 자별스럽게 기억에 남는 음식을 아직 발견하지 못했습니다. 생활의 전반 규모에 그 무슨 전통의 아름다움이 있으려니 해서 몹시 눈은 살피나, 종시 그런 것이 찾아지지 않습니다.

거처하는 집의 격식이나 옷맵시나 음식 범절에 도시 그윽한 맛이 적은 듯합니다. 이것은 평양 사람 자신도 인정하는 바로, 언제인가 평양의 자랑을 말하는 좌담회에 출석했을 때 들어 보아도, 그들 자신으로도 이렇다 하는 음식을 못 들었습니다. 가령 서울과

1 유경柳京은 평양의 다른 이름이며, 식보食譜는 음식의 족보, 갈래를 뜻함.

비교하면 — 감히 비교할 바 못되겠지만 — 진진하고 아기자기한 맛이 적고 대체로 거칠고 담하고 뻣뻣스럽습니다. 잔칫집 음식도 먹어 보고, 요정에도 올라 보았으나, 어디나가 다 일반입니다.

요정에 올라서 평양의 진미를 구하려 함은 당초에 그른 일이어서, 평양의 진미는커녕 식탁에 오르는 것은 조선 음식이 아니고 정체 모를 내외 범벅의 당치 않은 것들뿐입니다. 그리고 음식상이라기보다는 대개가 술상의 격식입니다. 술을 먹으러 갈 데지, 음식을 가지가지 맛보러 갈 데는 아닙니다. 차라리 요정보다는 거리의 국수집이 그래도 평양의 음식을 자랑하고 있는 성싶습니다.

평양 냉면은 유명한 것으로 치는 듯하나 서울 냉면만큼 색깔이 희지 못합니다. 하기는 냉면의 맛은 반드시 색깔로 가는 것은 아니어서, 관북 지방에서 먹은 것은 빛은 가장 검고 칙칙했으나, 맛은 서울이나 평양 그 어느 곳 것보다도 나았습니다. 그러나 평양 온 후로는 까딱 냉면을 끊어버린 까닭에 평양 냉면의 진미를 아직 모르고 있습니다. 그렇다고 다시 시작해 볼 욕심도 욕기도 나지는 않습니다. 냉면보다는 되려 온면을 즐겨 해서 이것은 꽤 맛을 들여놓았습니다. 그러나 이것도 장국보다는 맛이 윗길이면서도 어복장국보다는 한결 떨어집니다. 잔잔하고 고소한 맛이 없고 그저 담담합니다. 이것이 평양 음식 전반의 특징입니다만, 육수 그릇을 대하면 그 멀겋고 멋없는 꼴에 처음에는 구역이 납니다. 익숙해지면 차차 나아는 가나 설렁탕이 이보다 윗길일 것은 사실입니다.

친한 벗이 있어 추석이 되면 노티를 가져다줍니다. 일종의 전병으로 수수나 쌀로 달게 지진 것입니다. 너무 단 까닭에 과식을 할 수 없는 것이 노티의 덕이라면 덕일 듯합니다. 나는 이 노티보다도 차라리 같은 벗의 집에서 먹은 만두를 훨씬 훌륭한 것으로 생각합니다. 중국식 만두보다도 그 어떤 만두보다도 나았습니다. 평양의 자랑은 국수가 아니고 만두여야 할 것 같습니다.

동무라면 또 한 동무는 이른 봄에 여러 차례나 손수 간장 병과 떡 주발과 김치 그릇을 날라다 주었는데, 이 김치의 맛이 일미여서 어느 때나 구미가 돌지 않을 때에는 번번이 생각납니다. 봄이언만 까딱 변하지 않는 김치의 맛 — 시원한 그 맛은 재찬삼미再讚三味해도 오히려 부족합니다. 대체로 평양의 김치는 두 가지 격식이 있는 듯해서, 고추 양념을 진하게 하는 것과 엷게 하는 것이 있습니다. 거의 소금만으로 절여서 동치미같이 희고 깨끗하고 시원한 것, 이것이 그 일미의 김치인데, 한 해 겨울 그 동무와 몇 사람의 친구와 함께 휩쓸려 늦도록 타령을 하다가, 곤드레만드레 취한 김에 밤늦게 그 동무의 집으로 습격을 가서 처음 맛본 것이 바로 그 김치였던 것입니다. 단 두 칸밖에 안되는 방에 각각 부인과 일가 아이들이 누워 있었던 까닭에 동무는 방으로는 인도하지 못하고, 대문 옆 노대露臺에 벌벌 떠는 우리들을 앉히고, 부인을 깨워 일으키더니 대접한다는 것이 찬 김치에 만 밥, 소위 짠지밥(김치와 짠지는 다른 것임을, 평양에서는 일률로 짠지라고 일컫습니다)이었습니다. 겨울에 되려 아이스크림을 먹는다더니, 찬

하늘 아래에서 벌벌 떨면서 먹은 김치의 맛은 취중의 행사였다고는 해도 잊을 수 없는 것입니다. 북쪽일수록 음식에 고추를 덜 쓰는 모양인데, 이곳에서 김치를 이렇게 싱겁게 담그는 격식은 관북 지방의 풍습과도 일맥 통하는 것이 있습니다. 요새 의학박사 양반이 고춧가루의 해독을 자꾸만 일러주는 판인데 앞으로의 김치는 그 방법에 일대 개혁을 베풀어 이 평양의 식을 따면 어떨까 합니다. 나는 가정의 주부들에게 이것을 적극적으로 권하고 싶습니다. 단지 의학박사가 아닌 까닭에 잠자코 있을 뿐입니다.

잔칫집에서 가져오는 약과와 과질은 요릿집 식탁에 오르는 메추라기 알이나 갈매기 알과 함께 멋없고 속없는 것입니다. 약과는 굳고 과질은 검습니다. 다식이니 정과니 하는 유는 찾으려야 찾을 수 없습니다. 없는 모양입니다.

중요한 음식의 하나가 야키니쿠인데 고기를 즐기는 평양 사람의 기질을 그대로 반영시킨 음식인 듯합니다. 요리법이 가장 단순하고, 따라서 맛도 담백합니다. 스키야키같이 연하지도 않거니와 갈비같이 고소하지도 않습니다. 소담한 까닭에 몇 근이고간에 양을 사양하지 않는답니다. 평양 사람은 대개 골격이 굵고 체질이 강장하고 부한 편이 많은데, 행여나 야키니쿠의 덕이 아닌가 혼자 생각에 추측하고 있습니다. 다만 야키니쿠라는 이름이 초라하고 속되어서 늘 마음에 걸립니다. 적당한 명사로 고쳐서 보편화시키는 것이 이 고장 사람의 의무가 아닐까 합니다. 말이란 순수할수록 좋은 것이지 뒤섞고 범벅하고 옮겨 온 것은 상스

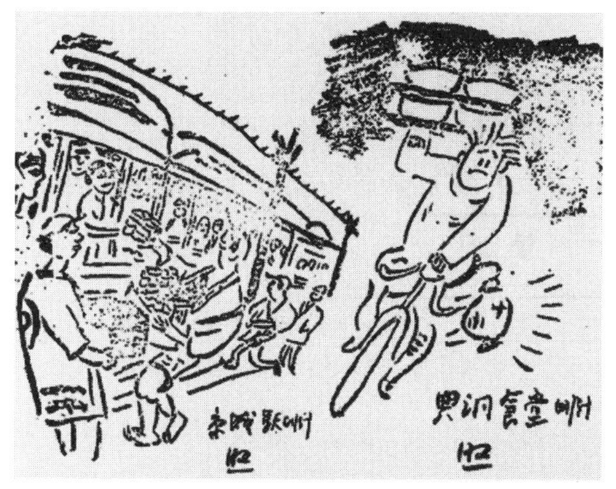

화가 나혜석의 드로잉 〈경성역에서〉와 〈전동식당에서〉.
1930년대 초의 모습으로 추정된다. 〈경성역에서〉는 벤또,
스시, 맥주, 정종, 커피, 담배 등을 파는 일본식 매점을,
〈전동식당에서〉는 음식 배달부의 모습을 그렸다.

럽고 혼란한 느낌을 줄 뿐입니다.

마지막으로 어죽을 듭니다. 물고기 죽이란 말이나 실상은 물고기보다도 닭고기가 주장이 되는 듯합니다. 닭과 물고기로 쑨 흰죽을 고추장에 버무려 먹습니다. 여름 한철의 진미로서 아마도 천렵 풍습의 유물로 끼쳐진 것인 모양입니다. 제철에 들어가 강놀이가 시작되면 반월도를 중심으로 섬과 배 위에 어죽 놀이의 패가 군데군데에 벌어집니다. 물속에서 철벅거리다가 나와 피곤한 판에 먹는 죽의 맛이란 결코 소홀히 볼 것이 아닙니다. 동해안 바닷가에서 홍합죽이라는 것을 먹은 적이 있는데, 그 조개로 쑨 죽과는 맛이 흡사한데다가 양편 다 피곤한 기회를 가린 것이라, 구미 적은 여름의 음식으로 이 죽들은 확실히 공이 큰 듯합니다.

—《여성》 1939. 6

명태

채만식

소설가. 단편 <레디메이드 인생>, 장편 <탁류> <태평천하> 등 한국 근대소설을 대표하는 작품을 발표.

근일 품귀로, 이하 한갓 전설에 불과한 허물은 필자의 질 바 아니다.

명천明川 태가太哥가 비로소 잡아 팔았대서 왈 명태明太요, 본명은 북어北魚요, 혹 입이 험한 사람은 원산元山말뚝이라고도 칭한다. 빼빼 마르고 기다란 몸瘦軀長身, 피골이 상접, 한 3년 벽곡辟穀[2]이라도 하고 온 친구의 형용이다.

배를 따고 내장을 싹싹 긁어내어 싸리로 목줄띠를 꿰어 쇳소리가 나도록 바싹 말랐다. 눈을 모조리 빼었다. 천하에 이에서 더한 악형惡刑도 있을까. 모름지기 명태 신세는 되지 말 일이다.

2 곡식은 안 먹고 솔잎, 대추, 밤 따위만 날로 조금씩 먹음.

조선 13도 방방곡곡 명태 없는 곳이 없다. 아무리 궁벽한 산골이라도 구멍가게를 들여다보면 팔다 남은 한두 쾌는 하다못해 몇 마리라도 퀴퀴한 먼지와 더불어 한구석에 놓여 있다. 그러니 조선땅 백성이 얼마나 명태를 흔케 먹는지를 미루어 알리라.

참으로 조선 사람의 식탁에 오르는 것으로 명색이 어육魚肉이라 이름하는 것 가운데 명태만큼 만만한 것도 별반 없을 것이다. 굉장히 차리는 잔칫상에도 오르고,

"쯧, 고기는 해 무얼 허나! 그 명태나 한 마리 사다가…"

하는 쯤의 허술한 손님 대접의 밥상에도 오른다.

산 사람이 먹고 산 사람 대접만 하는 것이 아니라, 경經 읽는 경상에도 명태 세 마리는 반드시 오르고, 초상집에서 문간에다 차려놓는 사자 밥상에도 짚신 세 켤레와 더불어 세 마리의 명태가 반드시 오른다.(그런 걸 보면 귀신도 조선 귀신은 명태를 좋아하는 모양이야!)

어린 아들놈 처가세배妻家歲拜 보내면서 떡이야 고기야 장만하기 번폐스러우면 명태 한 쾌 사다 괴나리봇짐 해 지워 보내기도 하고, 바깥양반이 출입했다 불시로 돌아온 저녁밥상에, 시아버님 제사 때 쓰려고 벽장 속에 매달아 두었던 명태 두 마리를 아낌없이 꺼내다가 국 끓이는 아낙도 종종 있다.

상갓집에 경촉經燭에다 명태 한 쾌 얼러 부조하기도 하고, 섣달 세밀에 듬씬 세찬을 가지고 들어온 소작인에게다 명태 한 쾌씩 들려주어 보내는 후덕한 지주도 더러 있다. 명태란 그러고 보

니 요샛날 케이크 한 상자, 과실 한 꾸러미 이상으로 이용이 편리한 물건이었던가 보다.

망치로 두드려 죽죽 찢어서 고추장이나 간장에 찍어, 막걸리 안주로는 덮을 게 없는 것이 명태다. 쪼개서 물에 불렸다 달걀을 씌워 제사상에 괴어놓는 건 전라도 풍속. 서울서는 선술집에서 흔히 보는바 찜이 제일 윗질 가는 명태 요리일 것이다.

잘게 펴서 기름장에 무쳐놓으면 명태자반이요, 굵게 찢어서 달걀 풀고 국 끓이면 술국으로 일미다.

끝으로 군소리 한마디. 40년 전인지 50년 전인지 북미北美로 이민 간 조선사람 두 사람이 하루는 어디선지 어떻게 하다가 명태 세 마리가 생겼더란다. 오래 그리던 고토故土의 미각인지라 항용 생각하기에는 세 마리의 명태를 천하 없는 귀한 음식인 듯이 보는 그 당장 먹어 치웠으려니 하겠지만, 아니다! 두 사람은 그를 놓고 앉아 보기만 하더라고.

—《신시대》 1943. 1

애저찜

채만식

며칠 전 광주에 갔다가…

아침에 여관집 마당으로 도야지 새끼가 조막만씩한 놈이 두 마리, 꼴꼴 돌아다니는 것을 조曺가,

"흥! 남의 회만 건드리는구나!"

하는 소리를 듣고 그럴 성해서 웃었더니, 밤에 마침 조가 설두設頭[3]한 애저찜의 대접을 받았었다.

겨우 젖이 떨어졌을까 말까 한 도야지 새끼를 속만 그러내고 통으로 푹신 고아 육개장 하듯이 괴어서 국물에 먹는데, 이야기는 많이 들었어도 입을 대기는 비로소 처음이고, 처음이라 그

3 일에 앞장섬.

런지 좀 애색했다.

하기야 연계軟鷄찜을 먹는 일을 생각하면 도야지 새끼를 통으로 삶아 먹는다고 별반 애색할 것은 없는 노릇이다.

또 우리가 일상 흔연히 감식甘食을 하는 계란이며 어란魚卵이며 하는 것도 다 따지고 보면 천하 잔인스런 짓이요, 하필 애저찜만이 아닐 것이다.

더욱이 원숭이를 꽁꽁 묶어 불 달군 가마솥 위에 달아 매놓고는 줄을 늦춰 발바닥을 지지고 지지고 한다 치면 요놈이 약이 있는 대로 죄다 머리로 오른다든지? 할 때에, 청룡도로 목을 뎅겅 잘라 가지고는 골을 뽑아 지져 먹는다는 원뇌탕猿腦湯이란 것에 비한다면, 애저찜쯤은 오히려 부처님의 요리라고 할 것이다.

그렇건만 역시 처음이라 그랬던지 비위에 잘 받지를 않는데, 아 그러자 아침에 여관집 마당으로 산 채 꼴꼴거리면서 돌아다니던 도야지 새끼가 눈에 밟히면서, 일변 또 간밤에 애기 기생이 한 놈 불려와서는 노래를 한답시고 애를 써 쌓는다 시달림을 받는다 하는 게 문득 애저찜이라는 것을 연상케 하던 일이 생각이 나는 통에, 그만 비위가 역하여 웬만큼 젓가락을 놓았었다.

맛은 그러나 일종 별미에 속한다고 할 수가 있고, 그 중에도 술안주로는 썩 되었고, 다만 너무 기름진 게 나 같은 체질에는 맞지 않을 성불렀다.

동행 중 최박사 역시 지방질은 많이 받지 않는 모양, 조금 하다가 말았지만, 신변호사는 근일에야 맛을 들였다면서 고기는 물론 뼈까지 쪼옥쪽 빨아먹고 그 뱉은 뼈가 앞에 수북한 데에 한바탕 놀림거리가 되었었다.

아무튼 다시 보장하거니와 술안주로는 천하일품이니, 일찍이 맛보지 못한 문단 주호酒豪는 모름지기 전남으로 한바탕 애저찜 원정을 가볼 것이다.

—《박문》 1940. 4

여름의 미각

계용묵

소설가. 단편집 《백치 아다다》《별을 헨다》 등이 있다.

여름은 채소를 먹을 수 있어 좋다. 시금치, 쑥갓, 쌈, 얼마나 미각을 돋우는 대상인가. 새파란 기름이 튀어지게 살진 싱싱한 이파리를 마늘 장에 꾹 찍어 아구아구 씹는 맛, 더욱이 그것이 찬밥일 때에는 더할 수 없는 진미가 혀끝에 일층 돋운다. 그러나 같은 쌈, 같은 쑥갓이로되, 서울의 그것은 흐뭇이 마음을 당기는 것이 아니다. 팔기 위하여 다량으로 뜯어다 쌓고 며칠씩이나 묵혀 가며 시들음 방지로 물을 뿌려선 그 빛을 낸다. 여기 미각이 동할 리 없다. 여름철이 아니고는 이런 것이나마 역시 맛볼 수 없는 것이기는 하나, 싱싱한 채정採精이 다 빠지고 축임 물에 겨우 제 빛을 지니어 가는 그 가난한 이파리가 비위에 틀린다. 그래서 이 이삼 년 샌 쌈이 그리운 여름이 와도 여름을 잊은 듯이 그처럼 좋아하는 쌈 한 번 마음 가득히 먹어 보지 못했다. 언제나 시골서처럼 채원菜園에다가 푸른 식량을 한밭 심어 놓고 식욕이 움직일 때마다 먹으면 뱃속까지 새파랗게 물들 것 같은 싱싱한 정기가 담뿍 담긴 그 푸성귀를 아구아구 씹어 먹어 볼는지—. 아내도 그런 것이 무척 그리운 모양으로 가게에서 사오는 그것보다 어떻게 좀 생기가 돌게 만들어 먹을 수 없을까 한 번은 파를 사다가 서울 집하고도 유별히 좁은 그 마당 한귀의 물독 옆에다가 서너 포기를 꽂아 놓고 물을 주어 키웠다. 이걸 하루는 고향에서 손님이 왔다가 보고,

"저게 뭔 채원인가?"

해서 크게 웃은高聲笑 일이 있기도 했거니와, 이런 것에 구애가 없이 사는 시골 사람이 무척 그립다. 어떻게도 우리 집 마당이 좁은 것인가는 여기에 그 평수를 숫자적으로 따지어 밝히기보다 좋이 설명해 주는 것이 있으니 바로 작년 봄이었다. 시골서 입학시험을 치러 올라왔던 어떤 여학생 하나가 마당 한복판에 서서 사방을 두루 살펴보더니,

"마당은 어디 있어요?"

해서 웃었다면, 그 마당의 넓이가 얼마나한 정도일 것인가는 가히 짐작해 알 것이다. 그러니 그렇게 심어 먹기를 즐기는 아내이었건만, 그 파 다섯 포기(꼭 다섯 포기)밖에는 여기에 더는 생념을 내지 못하고 넘석거린다.

"그 뒤껼 바위 위에다가 흙을 좀 사다 붓고, 쌈이나 그런 것

을 좀 못 심을까요?"

"장독은?"

"장독 옆으로 말이에요."

"사다가 먹는 게 그저 싸지."

"그래두—."

아내는 되건 안되건 한 번 시험을 해보았으면 하는 심정이다. 그러나 그 바위 위에다가 흙을 덮으려면 한 자 두께는 덮어야 할 게니, 한 자 두께면 흙이 한 마차, 한 마차면 비용이 사 원. 그리 많은 돈은 아니나, 장마를 한 번 겪고 나면 꼭 사태沙汰질에 나중에는 그 흙을 쳐내는 인부 삯까지 처넣어야 될 것만 같으니, 아내의 그 심경을 헤아려 보잠도 딱한 노릇이다. 이유를 설명하고 승낙을 않았더니, 아내도 그건 그럼즉이 생각이 들었던지 다시는 더 아무 말이 없이 그저 그 마당귀의 파 다섯 포기에만 일심으로 손을 넣으며, 이즘엔 한 포기를 더 늘여 여섯 포기가 담 짬에서 새파랗게 자라나며 반찬의 양념을 돕는다. 하지만 가게에서 사오는 시들은 백채白菜엔 아무리 신선한 파가 들어가도 그토록 맛을 돕는 것이 되지 못한다. 모처럼 애를 쓰고 키워서 만든 김치를 맛이 없달 수 없어 잠자코 먹기는 하지만, 결국은 아내의 손만 좀 더 분주하게 만드는 수고밖에 더 되어지는 것이 아니다. 겨울밤 찬밥에다 동치미를 썰어 비빈 그 기운찬 맛, 미미각美味覺의 여성적인 가을 과일, 고사리, 맛이나물 같은 가지가지의 봄채소, 철철이 미각의 대상이 계절을 자랑하지 않는 것이 없으나, 여름철의 그것이 내게는 좀 더 유혹적이건만…. 참외와 수박이 결코 가을 채소류에 떨어지는 미각이 아니거니와, 쑥갓, 쌈이 또한 산나물에 지는 것이 아니건만…. 먹는 데도 역시 그 운치가 반은 더 미각을 돋우는 것이어서 수박은 다락 위에서 꿀을 부어 한가히 먹어야 맛이 나고, 참외는 거적문을 들치고 들어가는 원두막 안에서 먹어야 맛이 난다. 그런 것을 서울선 기껏 골랐대야 따다 두어서 익힌 속 곤 놈을 그것도 마루 위에서밖에 앉아 먹을 데가 없으니 제 맛이 돋궐 리가 없다. 이즘 한참 수박과 참외를 수레에다 잔뜩 싣고 거리거리 돌아가며 외쳐대기는 하나, 쑥갓이나 쌈 매한가지로 내 비위는 그렇게 흐뭇이 움직여지는 것이 아니다.

"쥔치 사라우?"

채소에 맛이 없어 하니 아내는 생선 장수를 불러 세운 모양이다.

"오이를 사지?"

"글쎄, 생생한 게 여기에 올라와야지요."

"그럼 거리에 내려가 보지?"

"아까도 내려가 봤는데요. 뭐 소경 눈 뜨나 감으나예요."

오늘도 김치는 또 굶었다.

—《매일신보》 1942. 5; 《상아탑》 (우생출판사, 1955)

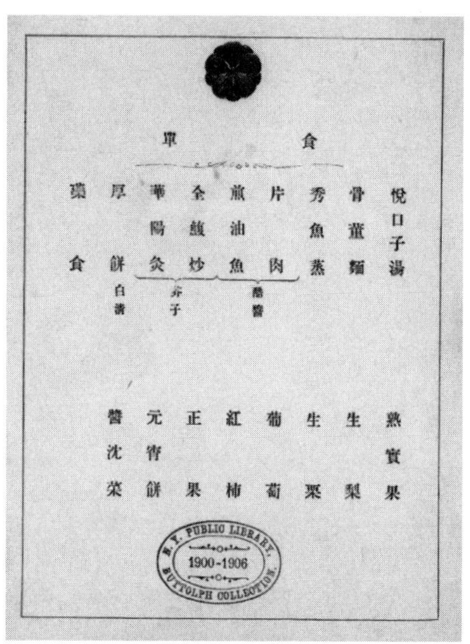

食單

悅口子湯
骨董麵
秀魚蒸
片肉
煎油魚 醋醬
全鰒炒
華陽炙 芥子
厚餠 白淸
藥食

熟實果
生梨
生栗
葡萄
紅柿
正果
元宵餠
醬沈菜

대한제국의 황실 문양이 새겨진 식단. 뉴욕 공립도서관 소장품인 버톨프 콜렉션Buttolph Collection 가운데 하나이며, 1901년에서 1906년 사이에 수집되었음을 알 수 있다. 버톨프 콜렉션은 프랭크 버톨프Frank E. Buttolph가 1899년 자신이 수집한 음식 메뉴표를 뉴욕 공립도서관에 기증함으로써 형성되었으며, 그후 꾸준히 콜렉션을 늘려 세계 최대 음식 메뉴 콜렉션이 되었다. 메뉴표에는 열구자탕(신선로), 수어증(숭어찜), 전복초 등의 고급 요리를 비롯하여 골동면(비빔면), 전유어(전), 후병(두텁떡), 원소병(찹쌀 경단을 꿀물에 재워 만든 음료), 그리고 배, 포도, 홍시 같은 과일의 이름이 들어 있다.

수박

최서해

신경향파의 대표적 소설가로 〈탈출기〉
〈기아와 살육〉 같은 문제작을 발표.

"싸구려 싸구려! 수박이 싸구려! 한 개에 오 전이요, 두 개에 십 전이구료! 막 싸구려, 막 파는구료…."

수박 장수가 집 앞으로 지나간다.

터덜털거리는 수박 구루마 바퀴 소리와 조화가 되어서 벌겋게 달은 석양 공기를 흔드는 그 외치는 소리는 땀에 젖은 듯이 흐뭇하면서도 모습이 다른 활기를 띠었다.

구루마 바퀴 소리는 우리 집 앞에 와서 뚝 그치면서,

"싸구려, 수박이 싸구려! 오 전에 한 개, 십 전에 두 개씩이오! 막 싸구려!"

하고 외치는 소리가 아까보다는 더 높이 들렸다. 그는 살 사람을 기다리는가.

여름이 다 가고 가을 기운이 들도록 수박 맛을 보지 못한 나는 밖으로 나갔다. 불 같은 석양 고열苦熱에 비지땀 투성이가 된 나의 마음은 그 청피홍심青皮紅心을 상상하는 때 일종의 방향芳香이 어린 서늘한 맛凉味을 느끼었던 것이다. 어른, 어린애 할 것 없이 수박 구루마에 모여 섰다.

십 전을 던지고 두 개를 받아든 나는 들어오듯 마듯 하여 꼭지를 돌렸다. 좀 큰 놈은 속이 불그데데하고, 작은 놈은 새빨갛게 익어서 미각을 몹시 자아낸다.

우리는 그것으로 풍미 있게 먹어 보려고 제일 잘 익은 놈의 속에 사탕과 소주를 부어넣고, 다시 제 꼭지를 꼭 덮어서 물 항아리 속에 집어넣었다. 물 항아리에 집어넣으려니까 중심이 바르지 못한 수박통은 이리 궁글 저리 궁글 해서 똑바로 뜨지 않는다. 좋은 계책을 생각한 우리는 바가지에 얼음을 담고, 그 속에 수박을 실어서 물 항아리 속에 띄웠다. 아까까지 몹시 뜨겁게 내리쬐는 햇볕 아래서 이 사람 저 사람의 선택을 기다리며 초조히 지내던 수박은 인제야 이렇게 고요한 항아리 호수 위에서 세상은 꿈도 못 꾸는 얼음 배를 타고 아주 큰 서늘함을 맛보게 되었다.

이렇게 띄워 놓은 우리는 덜 익은 놈으로 해갈을 하고, 마루에 드러누워서 땀을 들이다가 그만 낮잠이 들어서 눈을 붙였다 뜨니, 어느 새 석양은 마당에서 자취를 감추고, 아까는 없던 서늘한 바람이 스쳐 와서 맑은 정신이 차츰 돌기 시작하였다.

이렇게 낮잠을 자고 나서 서늘한 석양 바람을 받는 우리는 항아리에 채여 놓은 수박은 깜빡 잊었다가, 저녁을 지으려고 부엌으로 들어갔던 아내가 먼저 잊었던 기억을 불러일으키었다.

그러나 모든 것은 틀어지고 말았다. 일엽빙주一葉氷舟에 갖은 정성을 다 들여서 실어 놓았던 수박은 의외의 풍랑에 참몰慘沒이 되어서, 꼭지와 몸통이 각각 떠돌게 되고 바가지도 엎어져 버렸다.

항아리 속에 물이 그득 찬 것을 보니까 물장수가 저녁 물을 길어 온 것이 분명하다. 그는 우리가 자는 사이에 들어와서 무심코 부어 놓았던 것이다. 쏟아져 내리는 굵은 물줄기에 그 수박 배가 어찌 견디었으랴?

인제는 수박도 버렸고, 물도 버렸다.

항아리 앞에 서서 들여다보던 나는 미구에 미각을 찌를 향긋하고도 달 서늘한 맛을 상상하고 은근히 침을 삼키던 아까의 내 그림자가 눈앞에 떠올라서 한바탕의 웃음을 마지않았다. 동시에 운명의 불가역도不可逆睹를 다시금 느끼지 않을 수 없었다.

—《조선일보》 1928. 9. 27

참외

우스다 잔운 薄田斬雲

소설가, 저널리스트. 통감부 기관지인 《경성일보》 기자를 지냄.

조선 참외는 대단한 산물이다. 7월 초부터 8월까지 내내 '참외 사려' 소리가 문 앞에서 끊이지 않는다. 참외가 나오면 조선인 쌀집의 매출이 7할 남짓 감소한다고 한다. 하층 조선인은 밥 대신 참외를 먹는다. 참외 먹기 내기가 있는데, 진 사람이 이긴 사람이 먹는 참외 값을 지불하는 것이다. 그럴 때는 참외를 20개도 먹는다고 하니 놀라운 폭식이다. 일본인은 8월 무더위에 참외 한 개만 먹어도 금세 병원에 실려 갈 터이지만, 조선인이 참외를 먹고 병이 낫다는 소리는 들어보지 못했다. 그들은 참외는 곧 소변으로 나와 버리고, 대변으로 나와도 지장이 없다고 말한다.

조선인이 1년 중 가장 즐기고 폭식하는 것은 참외다. 밤도 많이 나지만 1되에 20전 정도 하기 때문에 조선인의 생활 형편으로는 배불리 먹을 수 없다. 하지만 참외는 계절 과일이라서 한꺼번에 쏟아져 나온다. 값도 싸서 입과 배를 만족시키기 좋은 때이므로, 식탐을 부려 양껏 먹는다. 길을 걸으면서도 먹고, 길가에 쭈그려 앉아서도 먹는다. 참외는 시중 도처에서 판다.

그런데 이질이나 콜레라 소동이 일어나는 일은 거의 없다. 평소에 빈한한 생활에 길들여져서 식사가 변변찮아도 신체는 건강한 편이다. 남양 사람들이 바나나를 주식으로 삼고 야자나무 열매즙을 마시며 살아가듯이, 조선인도 참외로 여름을 난다.

해마다 조선 왕은 조정 신하들에게 참외를 하사하는 관례가 있는데, 올해도 하사가 있었다고 한다. 그러나 풋내 나고 맛이 없어서 일본인은 즐기지 않는다. 조선인은 익지 않은 딱딱한 참외를 판다. 그들은 참외가 물러지면 안된다고 한다. 설사가 나지 않는 것은 딱딱한 것만 먹기 때문일 것이다.

—《조선만화》朝鮮漫畫[4], 1909

4 《조선만화》朝鮮漫畫: 50컷의 만화와 일본어 해설을 통해 조선의 이국적인 모습을 소개한 책. 조선통감부 기관지 《경성일보》 기자였던 도리고에 세이키鳥越静岐가 그림을 그리고, 같은 《경성일보》 기자였던 우스다 잔운이 해설을 붙였음. 조선사회를 전근대적이고 불합리한 사회로 보는 편협한 시선 위에 서 있지만, 한일합방 이전 조선사회의 생활상을 엿볼 수 있는 자료임. 50컷의 만화와 글 가운데는 신선로, 국밥, 국수, 떡, 엿, 참외, 밤, 쌀 등 음식에 관한 것이 들어 있음.

청포도의 사상

이효석

육상으로 수천 리를 돌아온 시절의 선물 송이의 향기가 한꺼번에 가을을 실어 왔다. 보낸 이의 마음씨를 갸륵히 여기고 먼 강산의 시절을 그리워하면서 나는 새삼스럽게 눈앞의 가을에 눈을 옮긴다.

남창으로 향한 서탁이 차고 투명하고 푸르다. 하늘을 비침이다. 갈릴리 바다의 빛은 그렇게도 푸를까. 벚나무 가지에 병든 잎새가 늘었고 단물이 고일 대로 고인 능금 송이가 잎 드문 가지에 젖꼭지같이 처졌다. 외포기의 야국이 만발하고 그 찬란하던 채송화와 클로버도 시든 빛을 보여 간다.

그렇건만 새삼스럽게 가을을 생각하지 않은 것은 시렁 아래 드레드레 드리운 청포도의 사연인 듯싶다. 언제든지 푸른 포도는

익었는지 안 익었는지를 분간할 수 없게 하는 까닭이다. 익은 포도 알이란 방울 방울의 지혜와 같이도 맑고 빛나는 법인 것을, 푸른 포도에는 그 광채가 없다. 물론 맛도 떫었으나.

하기는 기자릉箕子陵의 수풀 속을 거닐 때에도 벌써 긴 양말과 잠방이만의 차림은 설낙하고 어색하게 되었다. 머리 위에서는 참나무 잎새가 바람에 우수수 울리고 지난 철에 베어 넘긴 정정한 소나무의 교목이 그 무슨 짐승의 시체와도 같이 쓸쓸하게 마음을 친다.

서글픈 생각을 부둥켜안고 돌아오노라면 풀밭에 매인 산양이 애잔하게 우는 것이다. 제법 뿔을 세우고 새침하게 흰 수염을 드리우고 독판 점잖은 척은 하나 마음은 슬픈 것이다. 이 세상에 잘못 태어난 영원한 이방의 나그네같이 일상 서머서머하고 마음 여리게 운다.

집에 돌아오면 나도 그 자리에 풀썩 쓰러지고 싶은 때가 있다. 산양을 본받아서가 아니라 알 수 없는 감상이 별안간 뼈 속에 찾아드는 것이다. 더욱 두려운 것은 벌레소리니 가을벌레는 초저녁부터 새벽까지 줄달아 운다. 눈물 되나 짜내자는 심사일까.

나는 감상에 정신을 못 차리리만치 어리지는 않으나 감상을 비웃을 수 있으리만치 용감하지는 못하다. 그것은 결코 부끄러울 것 없는 생활의 한 영원한 제목일 법하니까.

부족한 것이 무엇인지를 모른다. 성적일까. 이야기일까. 등장인물일까. 그 모든 것인지도 모른다. 신비 없는 생활은 자살을

의미한다. 환상 없이 사람이 순시라도 살 수 있을까.

환상이 위대할수록 생활도 위대할 것이니 그것이 없으면서도 찹찹하게 살아가는 꼴이란 용감한 것이 아니요, 추접하고 측은한 것이다. 환상이 빈궁할 때 생활의 변조가 오고 감상이 스며드는 듯하다.

청포도가 익은 것이요, 익어도 과즉 청포도에 지나지는 못한다. 시렁 아래 흔하게도 달린 송이 송이를 나는 진귀하게 거들떠볼 것이 없는 것이요, 그보다는 차라리 지난날의 포도의 기억을 마음속에 되풀이하는 편이 한층 생색 있다.

성북동의 포도원. 3인행. 배경과 인물이 단순은 하나 꿈이 그처럼 풍요한 때도 드물다. 나는 그들의 치마와 저고리의 색조를 기억하지 못하며 얼굴의 치장을 생각해 낼 수는 없으나, 그 모든 것은 이미 지나간 것이므로 꺼져 버린 비늘구름과도 같이 일률로 아름답고 그리운 것이다. 누렇게 물든 잔디 위에 배를 대고 누워 따끈한 석양을 담뿍 받으며 끝물의 포도 빛을 바라보며 무엇을 이야기하였으며, 어떤 몸짓을 가졌는지 한 마디의 과백科白도 기억 속에 남지는 않았다. 산문을 이야기하고 생활을 말하였을는지도 모른다. 그러나 지금 생각하면 그것이 결코 현실의 회화여서는 안된다. 천사의 말이요, 시의 구절이어야 될 것 같다.

검은 포도의 맛이 아름다웠던 것은 물론이다. 이 추억을 더 한층 아름답게 하는 것은 총중의 한 사람이 세상을 버렸음이다. 나머지 한 사람은 그 뒤 소식을 알 바 없다. 영원히 가버렸으므로 지금에 있어서 잡을 수 없으므로 이 한 토막은 한없이 아름답다. — 신비가 있었다. 생활이 빛났다. 지난날의 포도의 맛은 추억의 맛이요, 꿈의 향기다.

가을을 만나 포도의 글을 쓸 때마다 이 추억을 되풀이하는 것은 그것이 청포도가 아니고 검은 포도였기 때문일까.

—《조선일보》 1936. 9. 29

산채

채만식

점심 후 전날 철야한 피로에 낮잠을 탐하고 있노라니까, 아랫동네의 이군이 찾아왔다. 요 전날 만났을 제 뒷산으로 도라지를 캐러 가자 했던 약속을 잊어버리지 않았음이다.

신발을 글매고 손에는 소형 스코프로 된 원예용의 이식기移植器를 들고… 이군은 이렇게 무장을(기실 경장輕裝을) 한 맵시로 앞을 섰다.

막대 하나를 끌고 그 뒤를 따르던 나는 채비가 너무 허술함을 깨닫고, 마침 근처에서 병정잡기를 하고 노는 팔세 아이 조카를 시켜 바구니와 호미를 가져오게 했다. 했더니 도령이 또 하나 제 동무를 데리고 참가를 해서 일행은 도통 네 명이요, 동자들은 병정잡기를 하던 무장 그대로라 허리에는 나무칼이 위엄스럽고 산도라지를 캐러 간다기보다도 정히 산도야지나 사냥하러 가지 않나 싶은 진용이 되고 말았다.

봄으로 여름으로 매일같이 산책을 하러 가던 밤나무 숲은 그새 두어 주일 일에 몰려 못 본 동안에 풀들이 벌써 가을 풀답게 향기롭고, 밤송이도 제법 많이 굵었다.

그리 드세게 울던 매미 소리도 그쳐 조용하고, 원두밭은 참외 넝쿨을 말끔 뽑아 새로 갈아 논 고랑엔 콩 포기만 띄엄띄엄 남았는데, 밭두덩에서는 빈 원두막이 하마 쓰러져가고… 누가 시킨 바 아니건만 철은 바야흐로 가을다운 한 가닥의 폐허가 깃들기 시작한다.

산도라지는 다른 사람네가 아마 나보다도 미각이 더 날쌔고 예민했던지, 여름에는 그리 많던 것이 죄다 어디로 가고 보이지 않았다.

이군은 그러나 '게륵이'라는 대용품(!)을 발견해서 우리는 실망을 하지 말아도 좋았다.

'게륵이'는 꽃만 산도라지보다 약간 다르지 잎사귀랄지 대랄지 그리고 캐서 볼라치면 그 뿌리랄지는 언뜻 산도라지와 분간하기 어려울 만큼 근사했다.

그런데다가 이군의 설명을 들으면, 맛은 산도라지보다 나으면 나았지 못하진 않다는 것이다. 하고 보니 대용품 치고는 도야지 가죽으로 만든 구두보다도 '스프'가 섞인 광목보다도 착실히 어른인 셈이다.

그럭저럭 간 것이 '느랑골'까지 넘어갔다가 골짜구니의 맑은 샘물에 때마침 심했던 갈증을 씻고 나니 몸의 피로가 더럭 더 전신에 쏟아지는 것 같아, 캔 산채山菜는 바구니의 밑바닥도 겨우 가리지 못했는데 웬만큼 발길을 돌이키기로 했다.

대추나무에 몽실몽실 예쁘게 생긴 대추가 많이 열렸다. 문득 대추가 볼이 볼긋볼긋 붉는 추석의 고향이 생각났다.

가난한 한 필의 선산 밑에는 감나무가 여덟 주씩 두 줄로 섰고, 솔밭 사이사이로 밤나무가 흔하고, 그리고 대추나무가 있고 하다.

추석이면 감과 대추가 서로 겨루듯 볼이 붉고, 밤은 송이가 벌어진다. 우리 고장에는 추석에 성묘를 다닌다.

칠팔 세 그 무렵, 시방 내 앞을 서서 가고 있는 팔세 아니 저 놈만 해서부터 나는 추석날이면 곱게 새 옷을 갈아입고, 그때는 아직도 기운이 좋으시던 가친 사형들을 따라서 이 선산으로 성묘를 다니곤 했다.

시방도 잊히지 않는 그때의 감, 밤, 대추 등속의 맛… 이런 이야기를 하고 나니까, 이군이 웃으면서 이번에 참 효석孝石[5]의 〈향수〉를 읽었더니 그 비슷한 이야기더라고 한다.

저녁 밥상엔 벌써 내가 캐온(실상은 이군이 캐준) 산채가 한 접시 올랐다. 맛이 달다더니 산도라지가 얼마큼 섞였음인지 역시 쌉싸름했다.

---

5 소설가 이효석.

옛사람은 산채에 맛들이니 세미世味를 잊노라 했는데, 산채를 먹으면서도 세미를 잊지 못하는 내 생활은 이 산채의 맛처럼 쓴 것이니… 하면서 마침 양이 찬 술을 놓았다.

—《매일신보》1939. 9. 9

유령의 종로

이태준

소설가. 단편집 《달밤》《가마귀》, 수필집 《무서록》,
문장론 《문장강화》 등의 저서가 있다.

"이 사람 오래간만일세. 더운데 냉면이나 한 그릇씩 해볼까?"

"냉면? 글쎄, 냉면을 우리도 좋아는 하는데 신 벗기 싫어… 냉면 집에 방석이나 어디 깨끗한가. 어디로든지 걸터앉는 데로 가세."

주머니가 푸근하면 양식 집으로 가고, 그렇지 못하면 일본 집 소바 먹으러 가는 것이 보통이다.

냉면뿐이 아니다. 설렁탕, 대구탕도 그렇다. 설렁탕은 걸터앉는 것 아닌 것은 아니나, 높이가 한 자밖에 안되는 소위 식탁에 목침木枕 높이만밖에 안한 걸상에 주저앉으면, 그것 마치 무슨 고문이나 당하고 앉아 있는 것같이 전신이 엇질려서 괴롭다. 양쪽 무릎은 귀 위까지 올라가지, 허리가 굽어지니 배가 달라붙지,

식탁이 낮으니 황새처럼 모가지를 빼야지. 대구탕도 그렇지. 여름이라도 놋그릇이 그을리거든 자주 닦아야 한단 말이지. 그릇과 숟가락이 몇 십 년 닦지 않은 이빨처럼 싯누런 너리가 앉은 것을, 외면도 안하고 아무렇지 않게 내어놓는다. 게다가 음식 나르는 친구들의 의복이란 언어도단이다. 걸레라고 하더라도 빨지 않고는 못 쓸 걸레들이다.

《별건곤》《문예공론》《조선문예》《신생》《학생》 책점冊店마다 간판이 5,6개씩은 늘어섰다. 그러나 그 책점 주인들이나 점원들이 유령인지도 모르겠다. 먼지 앉는 것과 거미줄 치는 것을 그렇게 좋아하는 것은 필시 유령들이다. 도깨비들이다. 석 달 열흘이 되어도 비나 한 번 와야 간판에 먼지들이 씻겨내려가 글자들이 나타난다. 제3호가 나오도록 창간호 간판이 그대로 서 있다.

전에 어떤 친구 하나가 예수교 학교로 전학하였다. 수신 시간에 서양 부인이,

"예수가 어디서 났소?"

"모르지요."

"《성경》×장×절 보아 가지고 오시오."

그 다음 시간에,

"예수가 어디서 났소?"

"모르지요."

또 그 다음 시간에,

"예수가 어디서 났소?"

1920년대 선술집의 풍경(《동아일보》 1924. 11. 24).
1970년대까지도 이런 모습의 선술집이 흔했다.

"몰라요."

"당신 쇠牛대가리요?"

북촌 상인들이 망해 가는 것은 자본 문제에만 있는 것은 아니다. 쇠대가리들이기 때문이다. 손님들은 현대인, 신경인神經人들임에 불구하고 점주, 점원 들은 의연자약依然自若의 우두牛頭 상인商人들이기 때문이다.

—《별건곤》 1929. 9

봄을 기다리는 맘

김상용

시인이자 영문학자. 시집 《망향》, 수필집 《무하선생 방랑기》를 펴냄.
《망향》에 실린 시 〈남으로 창을 내겠소〉가 널리 알려짐.

내 봄은 명월관 교자 먹기일세.

가령 날이 저물고, 아침밥 기억은 오래된 역사上古史의 한 페이지요, 호주머니 열일곱이 독촉장, 광고지, 먼지 부스러기의 피난처밖에 못되고, 돈냥 있는 아는 놈은 일부러 피해 갈 때 마침 명월관 앞을 지나면, 이때 마비돼가는 뇌신경이 현기眩氣에 가까운 상상의 반역을 진압할 수가 있겠는가? 없을걸세.

두어 고팽이 '복도'를 지나 으슥한 뒷방으로 들어서거든, 썩 들어서자 첫눈에 뜨인 것이 신선로. 신선로에선 김이 무엿무엿 나는데, 신선로를 둘러 접시, 쟁반, 탕기 등 크고 작은 그릇들이 각기 진미를 받들고 옹위해 선 것이 아니라, 앉았단 말일세. 이것은 소위 교자라. 에헴, '안석'을 등지고 '베개'을 괴고, 무엇을 먹을고 우선 총검열을 하겠다.

다 그럴 듯한데, 급할수록 모름지기 여유가 필요하니 서서히 차려보자. '달걀저냐'를 하나 초고추장에 찍어 먹고, 다음으로 어회魚膾, 또 다음으로 김치, 이러다 보니, '게장'과 '어리굴젓'이 빠졌구나. 이런 몰상식한 놈들 봤나.

"여봐 보이, 게장과 어리굴젓 가져오구… 인력거 보내서 광충교 밑 사시는 서생원 좀 뫼셔와."

이쯤 상상하게 될 것일세.

내 봄은 이런 친구의 이따위 상상밖에 못되네. '지난해 왔던 각설이' 죽지도 않으니 또 오는 게 아닌가. 봄이 또 오네 그려. 봄이 오니까 봄에 매달려 다니는 온갖 것이 또 따라오네 그려.

할미꽃도 뫼등에서 '꼬부랑꼬부랑' 하고 피어날 게고. '냉이'와 '모시조개국'도 위 확장 환자들의 식탁에 출반주出班奏할 게고. 산이 푸르러지고, 산이 푸르러지니 공연한 몽유병 걸린 친구들이 자연은 초록치마를 입었느니 월남 망토를 둘렀느니 하고 잠꼬대를 하게 되고, 급기야 박가분으로 맥질한 못생긴 여자 상판 같은 '우이동 사쿠라'가 근자의 광산쟁이들처럼 벼락 득세를 하게까지 피네 그려!

이런 때에 죽장竹杖이 없으면 부지깽이라도 들고 번잡한 세상사를 벗은 몸이 산이건 물이건 찾아가는 것이 아닌 게 아니라 꽤 괜찮을 걸세. 꽃도 볼 만한 게고, 종달새 노래도 들을 만한 게고, 먼 산 아지랑이, 불 탄 잔디 속잎도 괜찮은 게고, 쏘는 폐단만 없으면 벌 마리나 와서 창 앞에 웅웅대주고 싶은 게지…. 그러나 그런 한가한 팔자가 못된단 말야. 봄 구경이 다 무언가. 결국 내 봄은 빈 주머니 가난뱅이가 생각하는 명월관 교자 먹기일세 그려.

바위에 붙은 '물 우렁이'를 보았지. 꼭 그놈 신세거든. 자고 먹고 그러고는 칠판에 꼭 붙어 '물 우렁이' 노릇을 한단 말일세. 목에다 줄을 매고 그 줄 끝에다 백두산만한 백묵통을 달았네 그려. 꼼짝달싹할 수 있는 능력이라고는 결코 없는 호떡집 종달새 같이 창틈으로 하늘이나 쳐다볼까, 종일 시달리고 나면 쉐 빠진 '시계'가 된단 말일세. 풋감 씹는 기분으로 집을 가는 길인데….

별안간 왜—ㅇ 이런 망할 놈의 자동차, 백묵 가루 채 못 턴 얼굴에 먼지 바가지를 덮어씌우고 가니. 그것이 보기 싫은 연놈이 탄 것일 때, 화 아니낼 부처님 있나. 발동기 만든 놈은 지옥하층으로 가라고 축원을 하고, 또 걸음을 걷네.

또 갈지자 쓰는 놈, 하늘 천자 그리는 놈, 굴곡자재屈曲自在한 취객 일당 '딱' 한 놈이 남을 치네. "이 자식 눈은 신고 다니나" 하니, 생판 제가 받아놓고 이럴 도리가 있나. 적반하장은 놈들의 가훈인 모양인데…. 아따, 곧, 한 번만 오형제분[6]이 출동을 하면, 당장에 쇠똥 주워 먹는 꼴을 보겠는데… 아서라, 처지가 못된다… 참아라…. 이래서, 일껏, 쓰자고 타고난 주먹을 여름 생각처럼 썩여버리니, 그때 내 맘이 어떻겠나. 집에를 와 외상 쌀이나

6 일제감점기의 오형제 소매치기단.

다행히 밥맛은 여전키로 한 그릇을 먹고 나니, 식자가 쇠 눈깔이라, 《고문진보》古文眞寶[7]에서 배운 〈도리원서〉桃李園序[8] 생각이 나네그려. 생각하면 '(옛사람들이) 촛불을 밝히고 밤새워 노닌 데는 다 그 까닭이 있는'(秉燭夜遊 良由以也)[9] 법이거든. 아닌 게 아니라 천금 주어 안 바꿀 봄밤이요, 켜나 안 켜나 물건 다무는 십 촉 전등은 있으니, 하룻밤 냉수라도 먹고, 새볼까…. 못된다, 공연히 팔자에 없는 외상 흥을 내다가, 다음날 아침 9시 "어째 준비 앙이 해가지고 왔는겨라오" 하는 날이면, 이것 참 그는 불쾌하고 나는 창피라.

"아야, 국으로 살자" 하고 네 굽을 모고 툭 쓰러지니 봄밤은 짧아 열 시를 뗑뗑…. 누워 자려는데 '기억'이란 놈은 언제나 철이 나려는지 그 언젠가 아마 근 십 년 전에 본 어느 산촌의 춘경春景을 앞에다 벌여놓네 그려.

산이 있고, 산기슭으로 십여 호 초가가 있고, 집들 앞에 버들 축동築垌이 서고, 그 옆으로 냇물이 흐르는데, 그 냇가에서 오륙 명 애들이 '호드기'를 불며 나물을 캐네 그려. 전주 하나 없는 마을! 아무 '바쁨'도 아무 '시끄러움'도 없는 듯한 봄 산촌에 끊겼다 이었다 '호드기' 소리가 들려를 와, 잔디밭에 누워서 하늘을 쳐다보며 이 소리를 들을 때의 내 맘이 어떻더라 할까.

---

7 중국 고대의 시문을 모아 엮은 책.

8 이태백의 시 〈춘야연도리원서〉春夜宴桃李園序.

9 〈도리원서〉의 한 구절.

슬픈 듯 애닯은 듯 하여간 울어버리고 말았네 그려. 조선의 봄! 조선의 그윽한 봄 정조! 오냐 하루쯤 배탈이 났다고 결근계를 내고 이런 데를 꼭 한 번만 다녀오자 하는 죄 많은 음모를 자리 밑에서 하네.

—《동아일보》 1935. 2. 23

애주기

김안서

시인, 작사가. 1923년에 간행된 시집 《해파리의 노래》는 근대 최초의 개인 시집. 신민요를 비롯해 〈그리운 그 옛날〉 등 많은 유행가 가사를 작사.

내가 무슨 술잔이나 하노라고 빈정대는 소리가 아니라, 모처럼 이 지상에서 태어났다가 술 맛도 모르고 그만 왕생往生을 한다면 이와 같이 가이없는 화상은 없을 것이외다. 글쎄 한 잔 들이키고 얼근하여 몽롱한 눈으로 딱딱한 세상을 내려다보는 것도 무관치 않거니와, 그보다도 혼자서만 알 수 있는 경쾌명랑한 세계가 맘속에 벌어지니, 이 얼마나 반가운 일이냐 말이외다. 이러한 별건곤別乾坤의 낙토를 모르고서 딱딱한 세상에서 까닭스러이 부대끼다가 그래도 왕생을 하여버리니, 이런 가이없는 일이 어디 있을 것입니까?

술이야말로 없어서는 아니될 물건이외다. 그것이 있는지라, 우리의 딱딱한 맘은 보드라워도 지고, 명랑도 하여지고, 즐거워도 지는 것이외다. 주정酒精의 해독을 이야기하고 취한의 추태를 힐난하면서 금주禁酒의 선전을 한다고 이 지상에서 결코 술이 스러질 염려가 없을뿐더러, 그렇다고 주당酒黨(飮食黨)이 다짜고짜로 비주당으로 변절을 하지도 아니할 것이니, 우선 안심을 하고 잔을 들어도 좋을 일이외다. 본시 인생이란 가량 잡을 수 없는 생물이라, 해서는 재미없는 줄을 뻔히 알면서도 실행은 고사하고 도로혀 딴 길로만 들어설 생각을 하니, 금주가 물금주勿禁酒가 되지 아니할 수가 없는 소이외다. 에익! 망할 놈의 일이로군 하면서 새삼스러이 탄식을 하면서 제 가슴을 제가 두드린다 해도 그것은 벌써 행차 후의 나발이외다. 그러 그렇거니 하고서 타고난 이 인생의 허물 속에서 울고불고 웃고 울기나 할 일이외다.

"너희들은 옳은 사람이 되거라."

하면서 교당에서는 선생이 외치고, 예배당에서는 목사님의 혀끝에 침이 마르건마는, 옳은 놈이란 종이 끊기고 나쁜 화상들은 횡행을 하니, 이 세상에서 악이 스러질 때는 없는가 보외다. 술도 또한 이런 것의 하나일 것이외다. 해독害毒의 물건인지라 스러질 줄은 모르고 나날이 사람의 맘에 침염되는 것이니, 전능의 하느님이 아닌 사람으로서는 한갓 이 하느님을 원망할 수밖에 없는 일이외다. 아멘.

못된 송아지 엉덩이에 뿔이 난다고, 애주愛酒의 이야기는 아니하고 쓸데없이 어귀에서 어물거린 점도 없지 아니하거니와, 생각하면 못된 인생의 엉덩이에 술이 나고 보니, 이것도 또한 할 수 없는 일이외다.

저 음주상飮酒上 헌법이라 할 만한 것에 일불약一不若, 삼소三少, 오의五宜, 칠가七可, 구족九足이라 하니, 이왕 먹을 바에는 한 잔 술을 먹지 않는 것이 도로혀 낫다는 것이외다. 그리고 세 잔은 양으로 보아서 적다고 하였으니, 저 소위 '석 잔이면 세상의 이치를 깨닫는다'三杯通大道[10]와는 그 의미와 취향이 다른 것이외다. 다섯 잔이면 마땅하고 일곱 잔은 가하다고 하였으나, 역시 먹게 되면 다섯 잔보다도 일곱 잔 가량은 하게 될 뿐 아니라, 도수가 그만큼 되면 아홉 잔을 들게 되는 것이 보통일 것이외다.

만일 아홉 잔을 지나서 열한 잔까지 간다고 하면, 그 때에는 벌써 사람이 술을 먹는 것이 아니요, 술에게 사람이 먹힐 정도이니, 대개 주당으로서 이리 되기 쉬운 일이외다. 이만한 정도가 되면 눈은 흐릿해지고 맘은 혼자로서 별유천지비인간別有天地非人間[11]의 경역을 헤매게 되니, 이 주도酒徒의 사랑하는 심경의 하나일 것이외다.

그리고 저 돈닢만한 하늘이 핑핑 돌고 밟고 선 이 땅덩이가 흔들리는 경역까지 이르게 되면 주도의 명예는 그만 손상을 당하고 마니, 삼가야 할 일이외다. 주당에게는 주당으로서의 지켜야 할 길이 있는 것이외다. 이 지켜야 할 길을 지키지 못하고 그만 탈선을 하는지라 술을 악덕시하는 것이니, 술을 사랑하는 인

---

10 이태백의 시 〈월하독작〉月下獨酌의 한 구절.

11 이태백의 시 〈산중문답〉山中問答의 한 구절. '인간세상 아닌 별천지로구나!' 하는 뜻.

사의 어찌 생각지 않아서야 될 일입니까.

본시 술이란 양성陽性이외다. 양성인지라, 그것으로 어디까지든지 침울한 심정을 명랑케 할 것이요, 결코 폭음난배로 정신 상실을 삼을 것이 아니외다. 그러나 대개의 주도들은 폭음난배로 오직 취해 떨어지기를 꾀하는 모양이니, 이것은 아름다운 술에 대한 용서할 수 없는 반달리스트[12]외다. 결국 술을 사랑한다 함은 술로 인하여 명랑 경쾌해지는 심정을 사랑하자는 것이요, 정신 상실을 도모하자는 것은 아니외다.

그러한 경역에서뿐 저 로마인의 이른바 '베리타스 인 비노'[13]의 아름다운 즐거움이 있는 것이외다. 그런지라, 우리들은 가까운 친구들과 만나면 한 잔, 두 잔, 잔을 바꾸면서 우리의 맘에 쌓인 우의를 가장 유쾌하고, 가장 명랑하고, 가장 즐겁게 교환하는 것이외다.

폭배난음暴杯亂飮은 나의 취하지 아니하는 이유가 이곳에 있을 뿐 아니라, 이것은 술의 고유한 양성을 무시한 난행이외다. 때는 5월, 하늘은 깨끗하고 바람은 가벼워, 잔을 들고서 고요히 이 세상을 들여다볼 시즌이외다. 세고世苦에 부대낀 맘이여, 그러면 잔을 들지 않으려는가.

---

12 bandal이 정확한 표현. 5세기에 로마를 약탈한 게르만족의 일파인 반달족에서 유래한 말로 문화 파괴자를 일컬음.

13 in vino veritas! '술 속에 진리가 있다'는 라틴어 경구.

술 먹는 친구들의 꼬이는 말이
뜬 시름 아조니 저 몸 편타기로
한 병 두 병 나발을 불어댔더니
하늘만 핑핑 새 시름은 웬일인고.

사람의 맘이란 참말 모를 것이외다. 취한 심정에 또 다시 새 시름이 나타나지 않으리라고도 할 수가 없고 보니, 도대체 가장 모를 것은 인생이외다.

—《삼천리》 1936. 6

점포의 소머리

우스다 잔운

일본의 싸구려 밥집이나 선술집처럼 노동자를 상대하는 조선의 밥집 풍경이다.

쇠칼을 쳐든 채 바라보는 남자의 모습이 재미있다. 무어라고 설명하기 어려운 국물 냄새가 코를 찔러, 눈을 돌리면 주변 가게에는 커다란 진열대 위에 생소머리가 놓여 있다. 국물을 우려내는 소머리가 장식품으로 쓰이고 있는 것이다. 피가 줄줄 흐르고 파리가 날아다니는데, 밥집의 간판으로는 기발하고 통쾌하다.

조선인은 작은 밥그릇에 여러 차례 밥을 덜어 먹는 일이 없다. 일본 밥공기의 3배 남짓 되는 그릇에 수북이 눌러 담는다. 마치 장어덮밥 모양으로 쌓아 내놓는다. 젓가락은 사용하지 않고, 숟가락으로 먹는다. 밥집에서 파는 국밥은 쇠고기와 야채가 들어

《조선만화》 속의 한 장면.
음식점 입구에 놓인 소머리와 큰 칼을 들고
있는 주인남자의 모습이 해학적이다.

간 국물을 부은 것이다. 커다란 솥에 소머리, 가죽, 뼈, 우족牛足을 넣고 오랫동안 삶아 우려낸 국물을 별도의 작은 솥에 퍼 담아 간장으로 간을 맞추고, 고춧가루를 집어넣는다.

의사들의 말에 따르면 이 소머리 국물은 정말 좋은 것으로, 닭고기 국물이나 우유에 비할 바가 아니라고 한다. 커다란 솥을 연중 불 위에 걸어놓고 바닥을 비워 씻는 일 없이 매일 새 뼈로 바꾸어가며 물을 부어 끓여낸다. 이 국물, 즉 스프는 아주 푹 끓인 것으로, 매일 끓이기 때문에 여름에도 부패하지 않는다. 이것을 정제하면 아마 세계 어느 것과도 비교할 수 없는 자양제가 되고, 향후 병에 담아 한국 특유의 수출품으로 상용할 수 있을 것이다.

—《조선만화》朝鮮漫畵, 1909

외국 가서 생각나던 조선 것

이정섭

언론인. 프랑스로 유학하여 파리 대학교 문과를 졸업하고,
귀국하여 《중외일보》 논설위원 등으로 활동.

내가 프랑스에서 유학하던 중에 제일 그리웠던 것은 조선의 달과 진달래꽃이었다.

프랑스인들 어찌 달이 없으며 꽃이 없으리오마는, 누구나 다 아는 바와 같이 파리는 소위 세계의 꽃의 도시花道會라는 칭호를 얻으니만큼 건축이나 도로나 기타 모든 것이 극히 화려웅대한 것은 물론이나, 인공의 발달은 도로혀 천연의 미를 감쇄케 하는 일이 많다. 달로 말하여도 찬란한 전등 때문에 교교한 천연의 빛을 잃고 층루層樓, 첩옥疊屋이 서로 가려서 시가에 있는 사람으로는 완전한 달구경을 잘할 수가 없다. 그리하여 여간한 돈푼이나 있고 놀기 좋아하는 사람들은 자동차, 기차 같은 것을 타고 3, 40리 밖으로 구경을 가는 일이 있다.

그러한 곳에서 우리 조선의 달, 그 한 점의 구름도 없고 맑고 맑은 만리장공에 옥반같이 둥글고 미인같이도 아리따운 달을 생각하면, 어찌 그립지 아니하랴. 10여 층 되는 높은 집에서 달을 보는 것보다, 5, 6간 되는 농촌 초가에서 그 얼마나 정취가 있으며 깨끗하랴. 특히 가을 밤 밝은 달 아래서 다듬이질하는 소리 같은 것은 세계 중 어느 나라에서도 그러한 정취를 맛보지 못할 것이다. 꽃 중에 진달래꽃 같은 것은 프랑스에는 별로 없을 뿐 아니라, 혹 있다 하여도 조선의 것처럼 아담스럽고 찬란하고 번성하지가 못하다. 봄날에 산 구경을 가든지 들 구경을 가면 가는 곳마다 조선의 진달래꽃이 퍽 보고 싶고, 또 화전花煎 놀이하는 생각도 간절하였다.

그뿐이랴. 동지섣달 추운 날에 백설이 펄펄 흩날릴 때에 온돌에다 불을 뜨뜻이 때고, 3, 4 우인友人이 서로 앉아 갈비 구워 먹는 것이라든지, 냉면 추렴을 하는 것도 퍽 그리웠다. 그리고 양식을 먹은 뒤에는 언제든지 김치 생각이 퍽 간절하였다. 김치야말로 외국의 어느 음식보다도 진품이요 명물일 것이다. 나의 그립던 것은 이 몇 가지라 하겠다.

—《별건곤》 1928. 5

국수

백석

눈이 많이 와서
산엣새가 벌로 나려 멕이고
눈구덩이에 토끼가 더러 빠지기도 하면
마을에는 그 무슨 반가운 것이 오는가 보다
한가한 아동들은 어둡도록 꿩 사냥을 하고
가난한 엄매는 밤중에 김치가재미[14]로 가고
마을을 구수한 즐거움에 싸서 은근하니 흥성흥성 들뜨게 하며
이것은 오는 것이다
이것은 어느 양지귀 혹은 응달쪽 외따른 산 옆 은댕이 예데

14 김치를 묻은 움막(평북 방언).

가리밭[15]에서

하룻밤 뽀오얀 흰 김 속에 접시귀 소기름불이 뿌우연 부엌에
산멍에 같은 분틀을 타고 오는 것이다
이것은 아득한 옛날 한가하고 즐겁던 세월로부터
실 같은 봄비 속을 타는 듯한 여름볕 속을 지나서 들쿠레한 구시월 갈바람 속을 지나서
대대로 나며 죽으며 죽으며 나며 하는 이 마을 사람들의 의젓한 마음을 지나서 텁텁한 꿈을 지나서
지붕에 마당에 우물 둔덩에 함박눈이 푹푹 쌓이는 어느 하룻밤
아배 앞에 그 어린 아들 앞에 아배 앞에는 왕사발에 아들 앞에는 새끼사발에 그득히 사리워 오는 것이다
이것은 그 곰의 잔등에 업혀서 길러났다는 먼 옛적 큰마니가
또 그 짚등색이에 서서 재채기를 하면 산 넘엣 마을까지 들렸다는
먼 옛적 큰아바지가 오는 것같이 오는 것이다

아, 이 반가운 것은 무엇인가
이 희스무레하고 부드럽고 수수하고 슴슴한 것은 무엇인가
겨울밤 쩡하니 익은 동치미국을 좋아하고 얼얼한 댕추가루

15 산꼭대기 오래된 비탈밭.

를 좋아하고 싱싱한 산꿩의 고기를 좋아하고

그리고 담배 내음새 탄수 내음새 또 수육을 삶는 육수국 내음새 자욱한 더북한 삿방 쩔쩔 끓는 아르굳[16]을 좋아하는 이것은 무엇인가

이 조용한 마을과 이 마을의 의젓한 사람들과 살뜰하니 친한 것은 무엇인가

이 그지없이 고담枯淡하고 소박한 것은 무엇인가

—《문장》 1941. 4

16 아랫목(평안 방언).

김

구본웅

한국의 로트레크로 불린 서양화가. 야수파적 경향을 보였으며, 문예지 《청색》을 발간하는 등 문인들과 교유가 깊었다.

나는 김을 즐긴다.

김이면 우리 김이거나 왜김이거나 다 잘 먹는다.

생(맨김)으로도 먹고, 기름 바르고 소금 쳐서 구워도 먹는다.

밥도 싸먹고, 청포묵 무치는 데도 넣지만, 묵은 김 덕에 생색 나고 밥은 향기롭다.

이 김이야말로 우리의 조선김이 좋으니 빳빳하고 꺼덕차며 맛도 향기도 없는 왜김에다 댈 것이 아니다.

우리 김은 보드랍고 감미가 있으며 향기롭다. 이 감미, 이 향기가 김이 김다운 본색이다.

김과 비슷한 것으로 파래도 좋으나 향기가 촌스럽다.

— 출처: 한국데이터진흥원

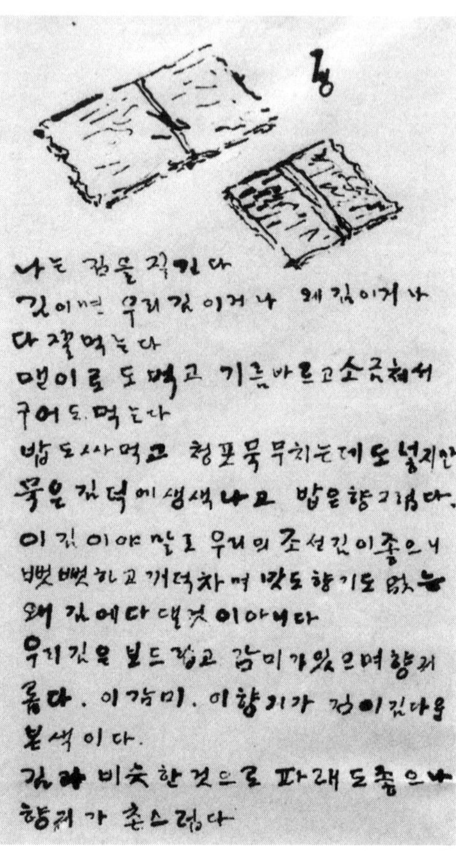

김

나는 김을 즐긴다
김이면 우리김이거나 왜김이거나
다 잘 먹는다
맨이로 도 먹고 기름바르고 소금쳐서
구어도. 먹는다
밥도 싸먹고 청포묵 무치는데도 넣지만
묵은 김덕에 생색나고 밥은 향그럽다.
이 김이야 말로 우리의 조선김이 좋으니
빳빳하고 거덕차며 맛도 향기도 없는
왜김에다 댈것이 아니다
우리김은 보드럽고 감미가 있으며 향긔
롭다. 이 감미. 이 향기가 김이 김다운
본색이다.
김과 비슷한 것으로 파래도 좋으나
향긔가 촌스럽다

화가 구본웅의 그림과 육필 원고.

2부 / 음식, 소설이 되다

산적

채만식

종로 행랑뒷골 어느 선술집이다.

바깥이 컴컴 어둡고 찬바람 끝이 귀때기를 꼬집어 떼는 듯이 추운 대신 술청 안은 불이 환하게 밝고 아늑한 게 뜨스하다.

드나드는 문 앞에서 보면 바로 왼편에 남대문만한 솥을 둘이나 건 아궁이가 있고, 그 다음으로 술아범이 재판소의 판사 영감처럼 목로 위에 높직이 앉아 연해 술을 치고, 그 옆에 가 조금 사이를 두고 안주장이 벌어져 있다. 그리고 그리로 돌아서 마방간의 말죽 구유 같은(평평하니까 말죽 구유와는 좀 다를까?) 선반, 도마가 있고 그 위에 가 식칼, 간장, 초장, 고추장, 소금 무엇무엇 담긴 주발이 죽 놓여 있다. 안주 굽는 화로는 목로에서 마주 보이게 놓여 있다.

어디 가보나 다 마치 한가지인 선술집의 시커먼 땟국이 그래도 밤이라 그러한지 그다지 완연하게 드러나 보이지는 않는다.

술꾼은 밤이 아직 이르기 때문에 그다지 많지 않고, 두어 패가 들어서서 제각기 경성 시민 공동용의 붉은 — 입이 닿는 곳은 하얗게 벗어진 젓가락 한 쌍씩을 들고 안주를 구워가며 혹은 김이 무럭무럭 오르는 술국을 훌훌 마셔가며 술들을 먹는다.

— 약주 석 잔 놓우.

— 아 그렇잖수?

— 네! 긴 생입쇼.

— 약주 석 잔 놨습니다.

— 국 한 그릇 뜨우.

— 한 잔만 더해요.

— 이건 과한걸요.

드나드는 문 옆에다 새로 백탄불이 이글이글하는 화로 하나를 가져다 놓고 선술집 모양과 똑같이 땟국이 흐르는 더부살이가 산적을 굽기 시작한다.

피 — 지글지글…

흰 연기가 물씬 솟아나며 맛난 냄새가 코를 콕 찌른다.

선술집 - (평민적 기분 + 구수한 냄새 + 땟국) = 0

구수한 냄새가 침이 넘어가게 하는데다가 새로 일어나는 고기 익는 냄새는 회가 동하게 한다.

나는 아내를 시켜 전당을 잡히러 보내놓고 속으로 시간을 계산하여 보았다.

가기에 십 분 누더기니까 뇌작거리느라고 오 분, 아차 단번 들어가는 데서는 안될 것이고 몇 군데 다니느라면 그것이 한 십오 분, 쌀을 팔아가지고 오느라면 십오 분, 그래서 삼십오 분.

삼십오 분! 삼십오 분이 나에게는 서른닷새나 되는 것같이 아득하였다.

그뿐인가. 돌아와서 밥을 짓느라면 사십 분은 걸릴 텐데. 그러면 칠십오 분.

칠십오 분을 지나야 입에 밥이 들어가겠거니 생각을 하니 한심하기도 하면서 한편으로는 김이 무럭무럭 나는 허연 더운밥을 먹을 일이 기쁘기도 하였다.

나의 하는 소리가 허천이 난 놈 같기도 하겠지만 밤낮 하루를 꼬박 굶어보면 누구나 함직한 소리다.

"왜 육신이 멀쩡한 놈이 굶어?"

하면,

"직업을 잃었기 때문에."

"왜 직업을 잃어?"

하면,

"자유주의 운동을 하는 놈더러 욕지거리로 반박을 써서 발표했다고."

"왜 다시 취직을 못해?"

하면,

"게蟹 꼬리만한 보통 상식밖에 가진 것이 없기 때문에."

"그래서?"

하면,

"그래서? …?"

"앞으로는?"

하면,

"굶어 죽잖을 도리를 차려가면서…"

"흥."

하면,

"흥."

사실 나 같은 놈은 그대로 죽어나 버리면 고소하게 여길 놈도 있겠지만, 그러나 굶어죽지 않고 이렇게 버젓하게 살아가며 이렇게 얄미운 소리만 하고 있는 것만 보아라.

그리고 이 앞으로도… 응 응…

그러나 그것은 모두 군말이고.

나는 그 삼십오 분과 사십 분을 기다리기가 정말 괴로웠다.

잊어버리고 누워서 책이나 볼까 하였으나 책이 밥그릇으로 보이고 국으로 보였다.

아무것도 없을 뱃속에서는 무엇인지 청승맞게 꼬르륵꼬르륵 소리가 나고 그럴 때마다 창자가 끊기는 것같이 속이 쓰렸다.

겨우겨우 어떻게 해서 한 삼사십 분 보낸 듯한데 여편네는 오지를 아니하였다. 한 시간 가량이나 지나도 오지를 아니하였다.

속으로 별의별 생각을 다 하여 보았다. 그만 나에게 싫증이 나서 달아나 버렸나? 전차에나 치었나? 못 잡히고 여기저기 창피를 보며 덜덜 떨고 다니나? 혹 어느 놈에게…?

그러는 동안에 문 앞에서 발자국 소리가 나며,

“여보—”

하는 아내의 반가운 소리가 들렸다.

나는 얼핏 일어나 방문을 열며,

“되었소?”

하고 물었다.

아내는 대문을 닫고 들어섰다. 남의 집 행랑방이라 출입은 아주 간편하였다.

아내는 컴컴 어둔 데 선 채,

“그새 화롯불이나 좀 피워두지.”

하고 바가지를 긁었다.

“화롯불은 해 무얼 해?”

“산적 구워 먹지 무얼 해?”

“산적?”

“응.”

아내는 손에 신문지에다 조그맣게 꾸린 것을 들고 방으로 들어왔다. 그러나 쌀은 팔아가지고 온 것이 보이지 아니하였다.

“그건 뭐요 대관절?”

"고기지 뭐야!"

"고기? 웬 고기?"

"산적 구워 먹으려구."

"산적?"

"쌀은? 밥은?"

"밥? … 어이구머니… 참…"

나는 그와 삼 년이나 같이 살았어야 그때처럼 놀라고 그때처럼 무렴해하고 그때처럼 슬퍼하는 것을 본 적이 없었다.

그는 놀라움과 무렴함과 슬픔이 한꺼번에 얼굴로 확 치켜올라 멍하니 끄먹끄먹하고 앉았다가 두 눈에서 줄기 같은 눈물이 쏟아져 내렸다.

"대관절 웬 셈이오? 무엇 땜에 그래?"

"이걸 어떡허우?"

"무얼?"

"쌀 팔 것을 못 생각허구 고기만…"

나는 기가 막혀 픽 웃었다.

"바보."

아내는 고개를 숙이고 말을 더 하지 못하였다.

"대관절 웬 셈인지 이야기나 좀 허구려. 잽히기는 얼마에 잽혔수?"

"오십 전."

"그래서?"

아내는 나를 치어다보고 고개를 숙이며 쌕 웃었다. 계집의 눈물이란 과연 값이 헗다. 그래도 삼 년이나 같이 산 남편이라고 허물이 없대서고 꼴에 또 여자의 본능으로 애교 쳇것을 부리는지 고개를 갸웃갸웃하고 쌕쌕 웃기만 하였다.

나는 고기가 먹고 싶어 그랬나 보다고 짐작만 하였다.

"그래, 고기가 먹고 싶어서 오십 전어치를 다 샀단 말이지? 바보! 쌀을 두 되만 팔구 이십 전어치만 사두 좋 텐데 그래?"

"아니야."

"그럼?"

"어따 저… 저…"

"그래서?"

"전당을 잽혀가지구 선술집 앞을 지나는데…"

"그래서?"

"안주를 굽고 더운 국을 훌훌 마셔가면서 술들을 먹는데…"

"그래, 당신두 한잔 생각이 나드란 말이지?"

"아니야."

"그럼?"

"구수한 냄새가… 나는데… 또 마침 산적을— 불이 이글이글한 화로에다 석수를 놓구 산적을 다뿍 굽겠지."

"응."

이 '응'하고 대답한 것은 나도 솔깃하여 한 소리였었다.

"그런데 그 냄새가 코로 들어오는데 아주… 호호."

"허허허허… 그래서?"

"그래서 얼핏 푸줏간에 가서 고기를…"

여편네는 고개를 푹 숙이고 손가락만 질근질근 깨물었다.

나는 소리를 내어 웃었다.

"괜찮소, 자 그럼 우리 이거로 산적 구워 먹읍시다."

하고 나는 팔을 걷고 일어섰다.

여편네는 그래도 민망한 듯이 머뭇거리다가,

"가서 물러가지구 올 테야."

하고 고기를 집어 들었다.

"허따 뭘 그래. 지금 가지구 가야 물러주지두 않구 또 그렇게 먹고 싶든 거니까 해먹지 뭘."

"내일은?"

"내일은 또 어떻게 헐 셈치구… 허허허허."

나는 뱃속껏 유쾌하게 웃었다. 사실 유쾌하였다.

여편네도 같이 웃었다.

양념도 변변치 못하건만 산적 맛이 퍽도 맛이 있었다.

—《별건곤》 1929. 12

냉면

김랑운

소설가. 시인 김석송과 잡지 《생장》(1925)을 창간하고
소설 〈귀향〉 〈영원한 가책〉 등을 발표.

S신문사에서는 월급날이 지난 지 닷새나 되도록 오늘 내일 하며 월급을 주지 못하였다.

그래서 오늘도 사원들은 일이 끝난 지 벌써 한 시간이나 되었건마는 대개는 다 나가지 않고 하회를 기다리고 있었다. 일이 끝나기가 무섭게 빨리 달아나기로 유명한 K 역시도 나가지 않고 책상 앞에 앉아서 원고지에 붓장난을 하고 있다.

"제―기 오늘도 안 주나?"

편집국 안을 이리저리 돌아다니던 순호는 화난다는 듯이 이렇게 중얼거리며 K의 옆에 있는 의자에 주저앉았다.

"글쎄… 오늘은 그믐날이니까 아마 무슨 소식이 있겠지."

K는 이렇게 받으며 붓대를 내던지고 순호를 향하여 옆으로 몸을 돌리었다. 그러고 뒤로 비스듬히 몸을 기대며 아랫 양복 옆주머니에서 해태표 담배갑을 꺼내어 든다.

순호는 그것을 물끄러미 바라보며 말하였다.

"흥 자네는 그래도 여전하네 그려. 나 한 개 주어보게."

"그—래 보세!"

하고 K는 고개를 끄떡 하며 꺼내었던 담배를 쑥 내어 밀었다.

"못 살면 말지!"

그러고 그는 다시 한 개를 꺼내었다.

"한턱 쓰나?"

하고 이때에 그의 뒤로서 또 한 사람이 손을 내어 밀었다.

"나도 한몫 끼어보세."

"그—래라! 망하는 판이다."

K는 역시 장난 반으로 호기스럽게 부르짖으며 이번에는 담뱃값째로 쑥 내어밀었다. 그 속에는 다만 한 개가 남아 있었다.

그들은 담배에 불을 부치었다. 그들이 뿜어내는 연기는 그들의 머리 위로 뭉게뭉게 배회하다가는 사라지고 사라지고 한다. 모든 것이 권태와 싫증을 말하는 듯하였다.

말코지와 의자에는 모자, 양복저고리, 두루마기, 단장 — 이러한 것이 여기저기 너저분하게 걸리어 있다. 그 널따란 큰 책상에는 원고지, 신문지, 펜, 종이쪽, 잉크병 — 이러한 것이 난잡하게 흩어져 있다.

더러는 그 난잡한 책상을 대하고 앉아서 신문지를 뒤적거리는 이도 있고, 심심하다는 듯이 원고지에 무엇을 끄적거리는 이도 있다. 더러는 이리저리 서성거리며 이 소리 저 소리 쓸데없는 잡담으로 웃고 떠들기도 한다. 혹은 한켠에 앉아서 냉면을 먹는 이도 있고 혹은 모든 것이 귀찮다는 듯이 가만히 앉아서 부채질만 하는 이도 있다.

그러나 그들의 머릿속에는 누구나 다 "오늘도 안 주나" 하는 생각이 한결같이 들어 있었다.

순호는 담배를 피우면서 앞에 앉은 K를 물끄러미 훑어보았다. 그가 입은 잠자리 날개와 같은 그 명주 와이셔츠라든지, 금이 쪽 곧게 선 그의 세루 양복바지라든지, 그의 목에 꽂힌 보석인지 무엇인지 빨간 돌이 박힌 그 넥타이 핀이라든지, 그는 언제나 한결같이 '해태'만 사먹는 것이라든지, 그는 아무러한 근심걱정도 없다는 듯이 얼굴빛이 항상 유쾌스러운 것이라든지, 그리고 또 여전히 요릿집으로만 버티는 것이라든지—이러한 모든 것을 생각하며 그를 물끄러미 훑어보는 순호의 머리 속에는 이상한 생각이 떠돌아 다니었다.

"저나 내나 똑같은 월급이 아닌가? 저나 내나 그 똑같은 월급 푼으로 살아가는 것이 아닌가?"

하고 순호는 그와 자기를 비교하여 보았다.

그러나 아무리 생각하여도 다 같은 월급으로서 자기는 린넨 양복 하나도 변변히 얻어 입지 못하고 항상 쪼들리는데, 그의 생활은 어째서 그렇게 항상 호화로운지 알 수가 없었다. 그는 자기보다 가족이 적다. 그러나 그것으로 해서 그렇게 큰 차가 날 것 같지는 않았다. 아닌 게 아니라 그에게는 빚이 많고 빚쟁이에게 쪼들리는 일이 많다. 그러나 빚이 있고 빚쟁이에게 쪼들리는 것은 순호 자기도 역시 일반이었다.

"저에게 파멸이 오지 않을까? … ?"

하고 순호는 그를 걱정도 하여 보았다.

그러나 자기에게도 빚이 있고 빚쟁이가 있으니, 파멸은 마찬가지로 온 것이었다. 그에게는 무슨 특별한 재주가 있는 듯하였다. 그러나 그 특별한 재주가 과연 무엇인지를 알 수가 없었다. 이리저리 순서 없는 생각을 한참 하다가 그는,

"요컨대 저가 영웅이거나 내가 못난이거나…"

하는 결론으로 끝을 막았다.

벽에 붙은 큰 시계가 네 번을 쳤다.

이때 영업국 사환이 와서,

"도장을 가지고 오시라고요."

하고 소리를 쳤다.

K는 벌떡 일어나서 제일착으로 뛰어갔다. 순호도 몇 사람 뒤를 이어서 경리부로 갔다.

회계 일을 맡아 보는 이는 영수 책을 펴놓고 앉아서 순호를 힐끗 올려다보더니,

"김순호 씨? 여기 도장 찍으십시오."

하고 이름을 가리키었다.

순호는 도장을 꺼내어 가리키는 자기 이름 밑에 꾹 찍고는 봉투 하나를 받아가지고 다시 편집국으로 왔다.

편집국 안은 두세 두세하고 물 끓듯 하였다. 그러나 K는 언제 달아났는지 벌써 간 곳이 없었다.

순호는 봉투를 떼어보았다. 그 속에는 가불된 것 이십 원을 제하고 오십오 원이 들어 있었다.

순호는 기쁜지 좋은지 덤덤하였다. 이러할 줄을 미리부터 뻔히 알았고 또 오십오 원을 가지고 미리 예산도 하여 보았건마는, 그래도 머리가 묵지근하고 입맛이 틉틉하였다. 예산이 턱없이 부족 되매,

"이것을 가지고 어떻게 틀어막나?"

하는 걱정이 새삼스럽게 머리를 찌누르는 까닭이었다.

"그렇다. 이번에는 빚쟁이들을 전부 공空따릴 수밖에 없다."

이렇게 생각하고 그는 말코지에서 작년에 쓰던 누르충충한 맥고모자를 떼어 얹고 밖으로 나가려 하다가 주춤하고 발을 멈추며,

"아니 점심 값은 주어야지."

하고 생각하였다. 그리고 다시 발을 돌리어,

"인순아! 인순아!?"

하고 사환을 불렀다.

"피존 한 갑만 사고 이것 좀 바꾸어 오너라."

하고 그는 달려온 사환에게 오 원짜리를 내어주려다가 십 원짜리를 내어주었다. 한참 지난 후에 사환은 돈을 바꾸어 가지고 왔다.

"몇 군데나 돌아다녔는지 몰라요."

"응, 애썼다. 그런데 너 이것 맡았다가 받으러 오거든 주어라. 내 점심 값이다."

하고 순호는 사원 오십 전을 세어서 사환에게 맡기었다. 그리고 나아갔다.

그러나 문밖을 나서자마자 양복 입은 청인淸人이 빙글빙글 웃으며 달려들었다. 지난달에 해 입은 — 지금 입고 있는 — 양복 값 나머지를 받으러 온 것이다.

순호는 댓자곳자로 내쏘았다.

"없어! 월급도 안되고… 다음 달에 와, 응? 다음 달에."

"양반 사람이 왜 거짓말을 해? 지금 탔어."

"타기는 무엇을 타?"

하고 순호는 눈을 부릅뜨며 쳐다보았다.

"우리 다 알아 있어."

하고 청인은 숭글숭글 웃으며 말하였다.

"지금 리선생한테도 받았어."

순호는 가증하다는 눈으로 한참 동안 청인을 노려보다가 하는 수 없다는 듯이 오 원짜리 한 장을 꺼내어 주며 말하였다.

"자아 이것밖에 없으니 나머지는 다음 달에 오."

"왜 양반 사람이 그래…"

순호는 청인의 말이 끝나기도 전에,

"글쎄 양반사람 아니라 두발사람이기로 없는 걸 어떻게 하나! 정말 더는 할 수 없으니 다음 달에 와, 응?"

청인은 잠깐 동안 무엇을 생각하는 듯하더니 고개를 번쩍 들며,

"에, 그렇게 하슈."

하고 순호의 손에서 오 원짜리 지전을 받아든다.

"그러면 이제 오 원 남았소, 응?"

"네, 그렇습니다. 고맙습니다."

청인은 고개를 끄떡 하고 편집국으로 들어갔다. 순호는 학질을 떼었다는 듯이 후유 하는 맘으로 뚜벅뚜벅 발을 옮기었다. 그러나 그는 까닭 없이 맘이 불쾌하고 공연이 화증이 남을 억제할 수 없었다. 빚쟁이들에게 공을 치리라 하는 계획은 벌써 여지없이 깨뜨려졌다. 그의 가슴속에는 묵지근한 무엇이 치밀어 올라서 그를 괴롭게 하였다.

그는 공원 앞 정류장으로 나섰다. 여름 일광은 타는 듯이 내려쪼인다. 공원 문으로 들여다 보이는 모든 나무 나무는 숨을 죽이고 맥이 하나도 없이 사지를 내려뜨리고 있다.

그는 의주통행 전차를 탔다. 앉을 자리가 많이 있건마는 사람들은 바람을 찾아서 문 앞으로 몰려섰다. 순호는 한편 빈자리에 털썩 주저앉았다. 몸을 기대고 주저앉으매 그는 맥이 하나도 없이 착 가라앉으며 몹시 시장함을 깨달았다. 그는 무엇을 먹고

싶은 생각이 났다. 무엇을 먹으리라 하고 생각하매 배는 더욱이 고프고 기운은 더욱이 없었다. 그는 양복 주머니에 넣은 돈 봉투가 그대로 있는지 없는지 만져보면서, 종로 근방에 내려서 냉면을 한 그릇 먹으리라 하고 생각하였다. 한즉 저육과 채로 가신 배쪽과 노란 겨자를 위에 얹은 수북한 냉면 그릇이 먹음직하게 눈앞에 보이었다. 따라서 그의 식욕은 급하여지고 그의 정신은 활줄과 같이 그 냉면 그릇으로 뻗치었다.

전차는 종로에 닿았다. 순호는 벌떡 몸을 일어나려 하다가 재판소 옆으로 가리라 생각하고 내리지 않았다.

전차는 다시 재판소 앞을 향하고 떠났다. 순호는 전차가 채 닿기도 전에 운전대로 나섰다. 재판소 옆 이층 냉면 집이 보인다. 전차가 정거하려 할 때에 순호는 손잡이를 붙들고 발판으로 내려섰다. 운전수는 차를 정거시키고,

"표 내십시오."

하며 몸을 돌렸다. 순호는 슬쩍 뛰어내리며,

"냉면!"

하였다.

"여보세요!"

운전수는 점잖게 불렀다. 그러고는 표 내라는데 냉면은 웬 냉면이냐는 듯이 순호를 물끄러미 내려다보았다.

"아!"

하고 순호는 자기가 찾은 '냉면' 소리에 스스로 깜짝 놀랐다.

이 순간 그는 모닥불을 끼얹는 것같이 얼굴이 화끈함을 깨달았다. 항상 하는 버릇으로 '패스!' 한다는 것이 그 대신으로 생각에 골똘하였던 그 '냉면'이 툭 튀어나온 것이다.

"패스!"

다시 얼른 부르짖고 순호는 달아나려 하였다.

그러나 짓궂은 운전수는 그렇게 얼른 놓아주지 않았다.

"여보세요! 좀 보여주십시오."

그는 '패스'를 꺼내어 보이는 듯하고 걸음을 빨리 하여 전차 뒤로 돌아서 냉면 집 앞으로 갔다. 그러나 전차에서 오르내리는 사람과 그 냉면 집에 있는 사람들이며 좌우로 오고가는 사람이 모두 자기를 조롱하고 모욕하는 듯하였다.

쨍쨍히 내려쪼이는 햇발까지도 자기를 비웃는 것 같다. 그는 고개를 푹 숙이고 냉면 집 앞을 그대로 지나서 대서소 골목으로 들어섰다. 배고픈 생각과 냉면 생각은 천리 밖으로 달아나버리고 다만 무어라 할 수 없이 분하고 애달픈 생각이 가슴을 메이는 듯하였다. 그는 심한 모욕과 더할 수 없는 수치를 당한 것같이 느끼었다. 자기를 붙들고 실갱이하던 그 운전수가 곧 때려죽여도 시원치 않도록 미운 생각이 났다. 그의 가슴은 까닭 없이 펄쩍펄쩍 뛰었다.

그는 다시 샌전 뒷골목으로 해서 자기도 모르게 비각 앞으로 빠져나왔다. 일기도 몹시 덥거니와 그의 이마에서는 더 한층 땀이 흘렀다. 그는 손수건을 꺼내어 땀을 씻었다.

그는 다시 영추문행 전차를 탔다. 그러나 역시 모든 사람이 자기를 자세히 보는 것 같고 자기를 비웃는 것 같았다. 그는 아무것도 똑바로 볼 수가 없고 아무것도 분명히 생각할 수가 없었다. 마치 찬물에 얼었거나 불에 데었거나 그렇지 않으면 벌에 쏘인 것과 같은 그의 정신은 다만 멍하니 흐늘흐늘할 뿐이었다. 그러나 아까 '냉면'을 찾고 더할 수 없는 수모를 당하던 — 생각만 하여도 얼굴이 화끈화끈한 그 일은 누긋누긋하게도 그의 머리 전체를 무겁게 찍어 누르고 있었다.

전차는 적선동 네거리에 멈추었다. 그는 미리 '패스'를 쥐고 있다가 이번에는 아무 말도 없이 보이고 내렸다. 그는 그 돈 봉투가 그대로 잘 들어 있는지 어쩐지 다시 양복 주머니를 만져보면서 걸음을 옮기어놓았다.

금춘교 다리를 지나 체부동 골목으로 들어서서 한참을 가다가 그는 갑자기 아뿔싸 하고 걸음을 멈추었다. 그것은 벌써 지난달부터 자기 아내가 입을 것이 없으니 모시 한 필만 사다 달라고 노래 부르다시피 하던 것이 문득 생각나는 까닭이었다. 그는 다시 나와서 사가지고 갈까 어쩔까 하고 잠깐 생각하다가,

"무얼 나중에 하지."

하고 그대로 발을 옮기었다.

자기 집이 거진 다다라 올 때에 그의 머릿속에는 또 어린것들이 떠올랐다. 자기가 들어가면 그 어린것들은 의례히 또 과자 사가지고 왔느냐고 내달을 것이다. 그래서 그는 그 옆에 있는 조

그만 담배 가게에서 오전 어치씩 비스킷 두 봉지를 사서 양복 주머니에 넣어가지고 갔다.

그가 자기 집 문안에를 들어서매 마루에서 놀고 있던 세 살 먹은 작은놈은 방글방글 웃으며,

"아부지! 아부지…"

하고 마루 끝으로 내닫는다.

"오—냐, 오—냐."

하고 순호는 그 앞으로 가서 구두끈을 풀기 시작하였다.

여섯 살 먹은 큰놈은 제 동생 뒤에서 눈치만 보고 섰다.

한편 방에서는 보통학교 4학년에 다니는 그의 막내 동생과 그의 어머니가 내다보고, 한편 방에서는 또 어린애가 들어서 배가 남산만한 그의 아내가 내다본다. 그의 큰동생은 아직도 학교에서 돌아오지 않은 모양이었다.

그는 구두를 마루 한편에 벗어놓고 작은애의 손을 붙들고 방으로 들어갔다. 큰애도 따라 들어갔다. 그는 모자를 방바닥에 내 붙이고 윗목 문 앞으로 앉으며 방이 꺼지게 한숨을 쉬었다. 그리고 손수건을 꺼내어 얼굴을 씻었다.

작은놈은 여전히,

"아부지, 와—자 와—자."

하고 대어든다. '와—자'란 것은 '과자'란 말이다.

"오— 주지, 오— 주지."

그는 과자 봉지를 꺼내어 두 아들에게 하나씩 주었다. 그들,

천진스럽고 귀여운 아무 걱정도 없는 그들은 일변 꺼내 먹으며 과자 봉지를 들고 좋아라고 마루로 나갔다 방으로 들어왔다 하며 무어라고 중얼댄다.

"더운데 좀 벗으시우?"

하고 아내는 말하였다. 이 말에는 대답이 없이 그는 한편에 앉은 배부른 자기 아내를 가엾다는 눈으로 물끄러미 바라보며,

"점심 먹었소?"

하고 물었다. 그의 아내는 항용 점심을 굶는다. 밥이 없어서 그런 것이 아니라 — 간혹 그런 때도 있지만 — 생활이 하도 신산하니까 자연 점심을 안 먹고 그대로 넘기는 때가 많았다. 순호는 이것을 항상 걱정하였다.

"네 먹었어요."

"무엇?"

"밥 먹었어요."

순호는 또다시 한숨을 지었다. 그리고 담배를 꺼내어 피워 물었다.

천리만리 밖으로 도망갔던 배고픈 생각은 또다시 그를 엄습하였다. 사지가 쑥쑥 쑤시는 것 같고 전신에 맥이 하나도 없었다. 염치도 체면도 아무것도 없는 것은 주림이요, 또 그의 뱃속이 허虛탕인 것은 사실이니, 아무러한 일이 있기로 그는 배고픔을 다시금 느끼지 않을 수가 없었다.

"왜 어디가 편찮으시우?"

그의 아내는 걱정스러운 듯이 물었다.

"아—니."

"그럼 왜 그렇게 기색이 좋지 못하오?"

한참 있다가 순호는 대답하였다.

"내가 지금 배가 고파 죽겠소. 무엇 좀 사오라고 하오."

"그러면 왜 진작 말씀을 안하우?"

아내는 말하였다.

"무얼 사오나… 냉면이나 한 그릇 시켜 오랄까?"

"무엇이든지…"

실상 그는 웬일인지 아까부터 냉면이 먹고 싶었다. 그러나 아까 망신한 일을 생각하매 냉면을 사오라는 말이 나오지 않았다. 나오지 않는다는 것보다도 '냉면' 소리를 하기가 싫었다. 그러나 자기 아내가 먼저 냉면을 사오려고 하는 것을 그는 은근히 다행으로 여기었다.

"일남아."

하고 아내는 큰놈을 시키었다.

"막내 삼촌 불러라."

"꼬맹이 삼촌?"

"그래! 어서 불러."

일남이는 소리를 쳤다.

"꼬맹이 삼촌! 꼬맹이 삼촌!"

제일 작은삼촌이라 해서 일남이는 항상 '꼬맹이 삼촌'이라고 한다.

꼬맹이 삼촌은 왔다.

"얼른 가서 냉면 한 그릇만 시켜요, 응?"

"시켜 올 게 아니라 아주 그릇을 가지고 가서 네가 가지고 오너라."

이렇게 말하고 순호는 이십오 전을 꺼내어 던지었다. 아우는 돈을 집어가지고 나갔다. 아내는 밖으로 나가서 큼직한 대접 하나를 씻어주고 들어왔다.

얼마 후에 순호는,

"그런데 갚을 게 모두 얼마랬지?"

하고 물었다.

"아까 참 쌀값 독촉을 또 왔다 갔수."

"재리 같은 녀석!"

하고 남편은 조금 있다가,

"쌀값이 얼마?"

"쌀이 통 아홉 말, 좁쌀 두 말, 보리 두 말, 팥 — 그래서 모두 이십이 원 십 전이래요."

"틀림없소?"

"틀림없어요."

하고 아내는 말을 이었다.

"도련님이 똑똑히 알아요."

"그리고 또?"

"그 다음에는 반찬가게에 칠 원 이십 전, 나무 값이 꼭 사 원, 집세, 전등료, 물값 — 그렇지요 뭐."

순호는 아내가 말하는 대로 대강 치어보다가 돈 봉투를 꺼내 가지고 십 원짜리 한 장을 아내 앞으로 던지며 말하였다.

"옜소. 내가 잊어버리고 그대로 왔으니 아주 당신이 맡아가지고 우선 반 필만 끊어다가 급한 대로 해 입으오. 어름어름하다가는 이것도 저것도 다 틀리겠소."

그러고는 나머지 삼십오 원을 지갑 속으로 옮겨 넣었다.

그는 지갑을 들고 앉아서 눈을 까막까막하며 속으로 또다시 따져보았다.

"쌀값이 이십이 원, 집세가 지난달치 오 원 밀린 것과 십칠 원, 그러면 삼십구 원, 반찬값이 칠 원, 그러면 십육 원하고 사십육 원 또 나무 값 사 원하면 오십 원, 전등료, 물 값 해서 오십삼 원… 아이들 월사금…"

아무리 하여도 이십 원 하나는 부족이었다.

"흥! 예산 잘된다."

그는 기가 막히는 듯이 중얼거렸다.

한참 동안을 그는 담배만 푹푹 피우다가,

"이것을 어떻게 틀어막나?"

하고 생각하였다. 그러나 아무 도리가 없다.

"반찬가게는 할 수 없고 쌀값과 집세를 십 원씩만 밀어?"

하고 그는 생각하여보았다. 그러나 쌀값을 십 원씩이나 떨어뜨리면 그 지독한 자가 필연코 외상을 주지 않을 것 같았다. 집세도 또한 선금을 내라고 하는데 선금은 못 줄망정 지난달에도 밀리고 이번에 또 그렇게까지 떨어뜨릴 수는 도저히 없을 것 같았다.

"그러면 오 원씩만 떨어뜨려?"

하고 그는 생각하였다. 그러나 그렇다 하더라도 십 원 하나는 여전히 부족이다.

"에!"

하고 그는 머리를 득득 긁었다. 사실로 그의 가슴속은 시커멓게 타고 있었다.

이럴 때에 괴팍스럽게 생긴 키가 작달막한 그의 어머니는 담뱃대를 물고 건너와서,

"오늘은 월급 탔니?"

하고 물었다.

"네, 탔어요."

순호는 머리를 숙인 대로 대답하였다.

"나 오 원만 써야겠다."

"어디다 쓰세요?"

하고 그는 눈을 치떠 보며 물었다.

"앗다 네 누이가 불란서 치마 한감만 떠 보내라고 몇 번이나 편지가 왔는지 모른다."

"원… 내 코가 석잔데 치마감이 다 무에야요!"

그는 화증을 내며 소리를 높이었다.

"그것도 망할 계집애여! 시골구석에서 불란서 치마란 다 무엇 하는 것이며 또 해 입고 싶거든 제 서방더러 해달라지? 왜 그래."

"그러기에 불쌍하지 않으냐."

"불상? 부처님상이 불상이랍니다. 배지가 부르니까 그 따위 소리를 하지 배지가 고파 보시우!"

"계집애 하나 있는 것 출가시키었대야 네가 무얼 해주었느냐? 내가 무얼 해주었느냐?"

하고 그의 모친도 약간 말소리를 높이었다.

"글쎄 못해 주었어도 할 수 없는 걸 어떡해요!"

하고 순호는 소리를 질렀다. 먹고 살아가기에 속이 곰팡이가 나도록 썩는 줄을 이렇게도 몰라주나 하매 그는 자기 어머니가 야속한 생각이 났다.

"너무 그러지 말아라."

"무얼 너무 그러지 말아요."

하고 그는 하도 어이가 없다는 듯이 성을 내어 가지고 있는 자기 어머니를 멀거니 바라보다가 손에 들었던 돈지갑을 갑자기 방바닥에 탁 메어 붙이며,

"몰라요! 맘대로 해요!"

하고 부르짖었다. 그러고는 모자를 집어가지고 마루로 후닥닥 나아가며 고함을 쳤다.

"뜯어들 먹어요! 뼈까지 바싹 타도록 실컷들 볶아요."

조선 말기 풍속화가 김준근의 그림 〈국수 누르는 사람〉.
압출기 위에 사람이 거꾸로 매달려 면발을 뽑고 있다.
메밀 반죽이 단단해 이렇게 힘든 노동이 필요했다고 한다.

일본인 만화가 도리고에 세이키가 그린
《조선만화》 속의 국수 만드는 모습.
김준근의 풍속화와 비슷하다.

이때에 '꼬맹이 삼촌'은 냉면을 사가지고 와서 헐금씨금하며 마루에 놓았다.

세 살 먹은 작은놈은,

"어디 가? 아부지, 어디 가?"

하며 따라 나선다.

순호는 구두를 신고 나서 마루 끝에 놓은 그 냉면 그릇을 마치 풋볼이나 차는 듯이 발길로 내지르며,

"오늘은 이놈의 냉면까지도 오장을 긁어놓아!"

하고 부르짖었다. 죄 없는 냉면은 여지없이 마당에 나둥그렸다. 대접은 보기 좋게 두 쪽이 났다.

여섯 살 먹은 일남이는 무슨 영문인지 모르고 마루 한편에 우두머니 서 있다.

순호는 다시 안 들어올 것같이 뚜벅뚜벅 밖으로 나가버렸다.

이 모양을 하고 나아가는 그의 뒷모양을 문 앞에 서서 바라보는 그의 아내의 두 눈에는 눈물이 그렁그렁하였다.

— 《동광》 1926. 12

갈비 뜯는 개

윤백남

극작가, 소설가, 영화감독. 단편소설 〈몽금〉, 장편 역사소설 〈대도전〉 등을 발표. 우리나라 최초의 극영화 〈월하의 맹서〉를 감독하고, 신극단체 극예술연구회의 창립동인으로도 활동.

젊은 여주인 ××는 이상한 꿈을 깨고 눈을 떴다. 달 밝은 밤 오전 2시경이다.

이상한 꿈이란 자기 친정에 보내둔 검둥이와 자기 집에서 기르고 있는 검둥이의 새끼 다시 말하면 검둥이 모녀가 부엌 앞에 쭈그리고 앉아서 입을 마주 대다시피 하고 이야기하는 광경이었다.

"어머니, 이 추운 날에 봄이라 하지마는 새벽바람은 아직도 꽤 추운데, 어째서 날 찾아오셨소?"

"너를 보고 싶어서 한달음에 달려왔다."

"날 보고 싶으시면 날이 새서나 오시지 아닌 밤중에 오신단 말이오?"

"모르는 소리 하지 마라. 날이 새면 아마 나는 이 세상을 떠날 것 같기에, 마지막으로 널 보러 온 것이 아니냐."

"세상을 떠나신다니 웬 소리요. 네, 어머니. 그게 웬 말씀이오?"

하고 강아지는 벌써 눈물을 흘린다. 검둥이도 앞발로 새끼의 어깨를 끌어안으며,

"내가 이 댁 은혜를 입고 자라나서 지금은 주인아씨 친정댁에 가서 있지마는, 세 끼니의 밥을 얻어먹는 것도 그 또한 은혜가 아니냐. 그런데 주인아씨 친정댁 뒤꼍 장담 밑 땅속에는 무수한 땅뱀이 들어 있어 가지고, 좀 더 날만 따뜻하면 일시에 내달아서 그 댁을 습격하면, 그 댁은 가위 멸문지환을 당하시게 될 것이다. 땅뱀들이 왜 그런 무서운 짓을 하려는 거야 지금 장황히 들어 이야기할 수 없다. 나는 그 일이 하도 딱해서 아침부터 저녁까지 그것들이 나오지 못하게 하고, 또 주인님께 여기에 흉한 뱀이 들어 있다고 알릴 겸 한때도 쉬지 않고 짖어대지 않았겠니? 사람들같이 말을 하지 못하는 원수의 신세이니 어찌 하느냐. 그랬더니 그 댁 사람들은 내 속은 몰라주고, 저놈의 개 미쳤다고 어제는 개백정을 부르러 가더니마는, 내일 아침에 오기로 했다 하니 이제는 하는 수 없이 억울하게 죽는 게 아니냐. 그래서 마지막 널 보러 온 것이다."

하고 눈물을 흘렸다.

"어머니 그러지 마시고 달아나슈."

"천만에. 명이 다한 것을 달아난들 살며 또 주인 없는 개가 어디 간들 대접 받겠니. 필경엔 야견野犬이라고 몽둥이로 때려 죽이지 않겠니. 아가, 너는 착한 주인아씨를 만났으니 남에게 귀염 받고 행여 화난다고 이빠리 놀리지 말아라."

"어머니."

하고 새끼는 검둥이의 품에 안겨서 한동안 울더니마는,

"어머니 이 부엌 부뚜막에 갈비를 재워둔 것이 있으니, 그것이나 하나 뜯어 잡수고 가슈. 평생에 웬 통갈비 한 토막 잡수지 못하셨으니."

"아니 웬 갈비가 있단 말이냐?

"내일이 이 댁 서방님 생일이라고 아씨께서 재워다가 부뚜막에 놓으시고 채반으로 덮어놓으셨소."

"주인님 것을 도둑질해서 먹어서야 되겠니?"

"마지막 가시는 어머님께 드린 줄 아시면 설마 불쌍히 여기지 않겠소."

하고 새끼가 부엌문을 열고 들어가더니 금세 갈비 두 토막을 물고 나와서 어미에게 먹기를 권하고, 자기 역시 작은 토막을 뜯어 먹고 있는 광경이었다.

이러한 기이한 꿈을 깬 여주인은 귀를 기울이었다.

완연히 부엌문 앞에서 무슨 소리가 난다. 개다. 개들이 무엇을 먹노라고 쩍쩍거리는 소리가 분명하다.

여주인은 손가락에 침칠을 해서 문구멍을 뚫고 내다보았다.

아! 기이한 광경!

방금 깨고 난 꿈과 다름없는 광경을 그는 달빛 아래 뚜렷이 보았다. 그는 이것도 꿈이나 아닌가 하고 자기 눈을 두어 번이나 부비기까지 하였다.

검둥이는 갈비를 다 뜯어 먹고는 대문께로 새끼와 나란히 달음질하며 나가버리는 것이었다.

날이 새자마자 여주인은 남편을 깨웠다. 그리고 꿈과 현실의 이야기를 하며 속히 자기의 친정으로 가서 그 이야기를 해주기를 청하였다. 그러나 남편은 일소에 부쳐버리고 다시 이불을 뒤집어 써버린다.

이십 리 길을 여주인 ××는 빨리 걸을 대로 걸어서 친정으로 갔다. 그가 친정 대문을 들어선 때는 이미 검둥이가 올개미를 쓰고 간 지가 두어 시간이나 지난 때였다.

그 날로 친정에선 동내 일갓집으로 합솔을 하고 장정을 들여서 후원 장담 밑을 파헤쳤다.

과연 무수한 ― 수천수만의 땅뱀이 봇물 터지듯 쏟아져 나왔다.

―《동아일보》1936. 2. 4

떡

김유정

소설가. 〈봄봄〉 〈동백꽃〉 〈따라지〉 등의 소설을 발표.
구인회 동인으로 활동하였으며 30세에 요절하였다.

원래는 사람이 떡을 먹는다. 이것은 떡이 사람을 먹은 이야기다. 다시 말하면 사람이 즉 떡에게 먹힌 이야기렷다. 좀 황당한 소리인 듯싶으나 그 사람이라는 게 역시 황당한 존재라 하릴없다. 인제 겨우 일곱 살 난 계집애로 게다가 겨울이 왔건만 솜옷 하나 못 얻어 입고 겹저고리 두렁이로 떨고 있는 옥이 말이다. 이것도 한 개의 완전한 사람으로 칠는지! 혹은 말는지! 그건 내가 알 배 아니다. 하여튼 그 애 아버지가 동리에서 제일 가난한 그리고 게으르기가 곰 같다는 바로 덕희다. 놈이 우습게도 꾸물거리고 엄동과 주림이 닥쳐와도 눈 하나 끔벅 없는 신청부라, 우리는 가끔 그 눈곱 낀 얼굴을 놀릴 수 있을 만치 흥미를 느낀다.

여보게, 이 겨울엔 어떻게 지내려나. 올엔 자네 꼭 굶어 죽었네. 하면 친구 대답이 이거 왜 이랴, 내가 누구라구, 지금은 밭뙈기 하나 부칠 거 없어도 이랴 봬두 한때는 다 — 하고 펄쩍 뛰고는 지난날 소작인으로서 땅 팔 수 있었던 그 행복을 다시 맛보려는 듯 먼 산을 우두커니 쳐다본다. 그러나 업신 받는 데 약이 올라서 자네들은 뭐 좀 난 성부른가 하고 낯을 붉히다가는 풀밭에 슬며시 쓰러져서 늘어지게 아리랑 타령. 그러니까 내 생각에 저것도 사람이려니 할 수밖에.

사실 집에서 지내는 걸 본다면 당최 무슨 재미로 사는지 영문을 모른다. 그 집도 제 것이 아니요 개똥네 집이다. 원체 식구라야 몇 사람 안되고 또 거기다 산 밑에 외따로 떨어진 집이라 건넌방에 사람을 들이면 좀 덜 호젓할까 하고 빌린 것이다. 물론 그때 덕희도 방을 얻지 못해서 비대발괄로 뻰찔 드나들던 판이었지만. 보수는 별반 없고 농사 때 바쁜 일이나 있으면 좀 거들어달라는 요구뿐이었다. 그래서 덕희도 얼씨구나 하고 무척 좋았다. 허나 사람은 방만으로 사는 것이 아니다.

이 집 건넌방은 유달리 납작하고 비스듬히 쏠린 헌 벽에다 우중충하기가 일상 굴속 같은데, 겨울 같은 때 좀 들여다보면 썩 가관이다. 윗목에는 옥이가 누더기를 들쓰고 앉아서 배가 고프다고 킹킹거리고, 아랫목에는 화가 치뻗친 아내가 나는 모른단 듯이 벽을 향하여 쪼그리고 누워서는 꼼짝 안하고, 놈은 아내와 딸 사이에 한 자리를 잡고서 천장으로만 눈을 멀뚱멀뚱 둥글리고 들여다보는 얼굴이 다 무색할 만치 꼴들이 말 아니다. 아마 먹는 날보다 이렇게 지내는 날이 하루쯤 더할는지도 모른다.

그 꼴에 궐자가 술이 호주라서 툭하면 한잔 안 사려나, 가인사다. 지난봄만 하더라도 놈이 술에 어찌나 감질이 났던지 제 집에 모아놓았던 뒹을 지고 가서 술을 먹었다. 뒹 퍼다 주고 술 먹긴 동리에서 처음 보는 일이라고 계집들까지 입에 올리며 소문은 이리저리 돌았다. 하지만 놈은 이런 것도 모르고 술만 들어가면 세상이 고만 제게 되고 만다. 음음 하고 코에선지 입에선지 묘한 소리를 내어가며 만나는 사람마다 붙잡고 잔소리다.

한편 술은 놈에게 근심도 되는 것 같다. 전에 생각지 않던 집안 걱정을 취하면 곧잘 한다. 그 언제인가 만났을 때에도 술이 담뿍 취하였다. 음 음 해가며 제집 살림살이 이야기를 개소리 쥐소리 한참 지껄이더니 놈이 나중에 한단 소리가 그놈의 계집애나 죽어버렸으면! 요건 먹어도 캥캥거리고 안 먹어도 캥캥거리고 이거 온 — 사세가 딱한 듯이 이렇게 탄식을 하더니 뒤를 이어 설명이 없는 데는 어린 딸년 하나 더한 것도 큰 걱정이라고, 이걸 듣다가 기가 막혀서 자네 데릴사위 얻어서 부려먹을 생각은 않나 하고 물은즉, 아 어느 하가에 그동안 먹여 키우진 않나 하고 골머리를 내젓는 꼴이 당길 맛이 아주 없는 모양이었다. 짜장 이토록 딸이 원수로운지 아닌지 그건 여기서 끊어 말하기 어렵다. 아마는 애비 치고 제가 난 자식 밉달 놈은 없으리라마는 그와 동시에 놈이 가끔 들어와서 죽으라고 모질게 쥐어박아서는 울려놓는 것도 사실이다. 그러다 울음이 정말 된통 터지면 이번에는 칼을 들고 울어봐라 이년, 죽일 터이니 하고 씻은 듯이 울음을 걷어놓고 하는 것이다.

눈이 푹푹 쌓이고 그 덕에 나무 값은 부쩍 올랐다. 동리에서는 너나없이 앞을 다투어 나뭇짐을 지고 읍으로 들어간다. 눈이 정강이에 차는 산길을 휘돌아 이십 리 장로를 걷는 것이다. 이 바람에 덕희도 수가 터지어 좁쌀이나마 양식이 생겼고, 따라 딸과의 아귀다툼도 훨씬 줄게 되었다.

그는 자다가도 꿈결에 새벽이 되는 것을 용하게 안다. 밝기가 무섭게 일어나 앉아서는 옆에 누운 아내의 치맛자락을 끌어당긴다. 소위 덕희의 마른세수가 시작된다. 두 손으로 그걸 펼쳐서는 꾸물꾸물 눈곱을 떼고 그러고 나서 얼굴을 쓱쓱 문대는 것이다. 그 다음 죽이 들어온다. 얼른 한 그릇 훌쩍 마시고는 지게를 지고 내뺀다. 물론 아내는 남편이 죽 마실 동안에 밖에 나와서 나뭇짐을 만들어야 된다. 지게를 보태놓고 덜덜 떨어가며 검불을 올려 싣는다. 짐까지 꼭꼭 묶어주고 가는 남편 향하여 괜히 술 먹지 말구 양식 사오게유, 하고 몇 번 몇 번 당부를 하고는 방으로 들어온다.

옥이가 늘 일어나는 것은 바로 이때다. 눈을 비비며 어머니 앞으로 곧장 달려든다. 기실 여지껏 잤느냐면 깨기는 벌써 전에 깨었다. 아버지의 숟가락질하는 댈가락 소리도 짠지 씹는 쩍쩍 소리도 죄다 두 귀로 분명히 들었다. 그뿐 아니라 아버지의 죽 그릇이 감은 눈 속에서 왔다 갔다 하는 것까지도 똑똑히 보았다. 배고픈 생각이 불현듯 불끈 솟아서 곧바로 일어나고자 궁둥이까지 들먹거려도 보았다. 그럴 동안에 군침은 솔솔 스며들며 입으로 하나가 된다. 마는 일어만 났다가는 아버지의 주먹 주먹. 이년아 넌 뭘 한다구 벌써 일어나 캥캥거려 하고는 그 주먹 커다란 주먹. 군침을 가만히 도로 넘기고 꼬물거리던 몸을 다시 방바닥에 꼭 붙인 채 색색 생코를 아니 골 수 없다.

어머니는 아버지와 딴판으로 퍽 귀여워한다. 아버지가 나무를 지고 확실히 간 것을 알고서야 비로소 옥이는 일어나 어머니 곁으로 달려들어서 그 죽을 둘이 퍼먹고 하였다.

이러던 것이 그날은 유별나게 어느 때보다 일찍 일어났다. 덕희의 말을 빌리면 고 배라먹을 년이 그예 일을 저지르려고 새벽부터 일어나 재랄이었다. 하긴 재랄이 아니라 배가 몹시 고팠던 까닭이지만. 아버지의 숟가락질 소리를 들어가며 침을 삼키고 삼키고 몇 번을 그래 봤으나 나중에는 더 참을 수가 없었다. 그렇다고 벌떡 일어앉자니 주먹이 무섭기도 하려니와 한편 넉적기도 한 노릇. 눈을 감은 채 이 궁리 저 궁리 하였다. 다른 때도 좋으련만 왜 하필 아버지 죽 먹을 때 깨게 되는지! 곯은 배는 그중에다 방바닥 냉기에 쑤시는지 저리는지 분간을 모른다. 아버지는 한 그릇을 다 먹고 아마 더 먹는 모양. 죽을 옮겨 쏟는 소리가 주루룩 뚝뚝 하고 난다.

이때 고만 정신이 번쩍 났다. 용기를 내었다. 바른팔을 뒤로 돌려 가장 무엇에나 물린 듯이 대구 긁죽거린다. 급작스레 응아

하고 소리를 내지른다. 그리고 비슬비슬 일어나 앉아서는 두 손등으로 눈을 비벼 가며 우는 것이다. 아버지는 이 꼴에 화를 벌컥 내었다. 손바닥으로 뒤통수를 딱 때리더니, 이건 죽지도 않고 말썽이야 하고 썩 마뜩치 않게 뚜덜거린다. 어머니를 향하여는 저년 아무것도 먹이지 말고 오늘 종일 굶기라고 부탁이다. 들었는지 못 들었는지 어머니는 눈을 깔고 잠자코 있다. 아마 아버지가 두려워서 아무 대꾸도 못하는 모양. 딱 때리고 우니까 다시 딱 때리고. 그럴 적마다 조꼬만 옥이는 마치 오뚝이 시늉으로 모두 쓰러졌다가는 다시 일어나 울고 울고 한다. 죽은 안 주고 때리기만 한다. 망할 새끼 저만 처먹으려고 얼른 죽어버려라 염병을 할 자식. 모진 욕이 이렇게 입 끝까지 제법 나왔으나 그러나 그러나 뚝 부릅뜬 그 눈. 감히 얼굴도 못 쳐다보고 이마를 두 손으로 받쳐 들고는 으악으악 울 뿐이다.

암만 울어도 소용은 없지만. 나뭇짐이 읍으로 들어간 다음에서야 비로소 겨우 운 보람 있었다. 어머니는 힁하게 죽 한 그릇을 떠 들고 들어온다. 옥이는 대뜸 달려들었다. 왼편 소맷자락으로 눈의 눈물을 훔쳐가며 연송 퍼 넣는다. 깡좁쌀죽은 묽직한 국물이라 숟갈에 뜨이는 게 얼마 안된다. 떠넣으니 이것은 차라리 들고 마시는 것이 편하리라. 쉴새 없이 숟가락은 열심껏 퍼들인다. 어머니가 한 숟갈 뜰 동안이면 옥이는 두 숟갈 혹은 세 숟갈이 올라간다. 그래도 행여 밑질까 봐서 숟가락 빠는 어머니의 입을 가끔 쳐다보고 하였다. 반쯤 먹다 어머니는 슬며시 숟가락을 내려놓았다. 두 손을 다리 밑에 파묻고는 딸을 내려다보며 묵묵히 앉아 있다. 한 그릇 죽은 다 치웠건만 그래도 배가 고팠다. 어머니의 허리를 꾹꾹 찔러가며 졸라댄다.

요만한 어린 아이에게는 먹는 것 지껄이는 것 이것밖에 더 큰 취미는 없다. 그리고 이것밖에 더 가진 재주도 없다. 옥이같이 혼자만 꽁허니 있을 뿐으로 동무들과 놀려 하지도 지껄이려 하지도 않는 아이에 있어서는 먹는 편이 월등 발달되었고 결말에는 그걸로 한 오락을 삼는 것이다. 게다 일상 곯아만 온 그 배때기. 한 그릇 죽이면 넉넉히 양도 찼으련만 얘는 그걸 모른다. 다만 배는 늘 고프러니 하는 막연한 의식밖에는.

이번 일이 벌어진 것은 즉 여기서 시작되었다. 두 시간이나 넘어 꼬박이 울었다. 마는 어머니는 아무 대답도 없었다. 배가 아프다고 쓰러지더니 아이구 아이구 하고는 신음만 할 뿐이다. 냉병으로 하여 이따금 이렇게 앓는다. 옥이는 가망이 아주 없는 걸 알고 일어나서 방문을 열었다. 눈은 첩첩이 쌓이고 눈이 부신다. 윙윙 하고 봉당으로 몰리는 눈송이. 다르르 떨면서 마당으로 내려간다. 북편 벽 밑으로 솥은 걸렸다. 뚜껑이 열린다. 아닌 게 아니라 어머니 말대로 죽커녕 네미나 찢어먹으라, 다. 그러나 얼뜬 눈에 띄는 것이 솥바닥에 얼어붙은 두 개의 시래기 줄기 그놈을 손톱으로 뜯어서 입에 넣고는 씹어본다. 제걱제걱 얼음 씹히는 그 맛밖에는 아무 맛이 없다. 솥을 도로 덮고 허리를 펴려 할 제 얼른 묘한 생각이 떠오른다. 옥이는 사방을 도릿거려 본 다음 봉당으로 올라서서 개똥네 방문 구녁에다 눈을 들이댄다.

개똥 어머니가 옥이를 눈의 가시같이 미워하는 그 원인이 즉 여기다. 정말인지 거짓말인지 자세는 모르나 말인즉 고년이 우리 식구만 없으면 밤이구 낮이구 할 거 없이 어느 틈엔가 들어와서는 세간을 모조리 집어간다우, 하고 여호 같은 년 골방쥐 같은 년 도적년 뭣해 욕을 늘어놓을 제 나는 그가 옥이를 끝없이 미워하는 걸 얼른 알 수 있었다. 그러나 세간을 집어냈느니 뭐니 하는 건 아마 멀쩡한 거짓말일 게고, 이날도 잿간에서 뒤를 보며 벽 틈으로 내다보자니까 고년이 날감자 둘을 한 손에 하나씩 두렁이 속에다 감추고는 방에서 살며시 나오는 걸 보았다는 이것만은 사실이다. 오직 분하고 급해야 밑도 씻을 새 없이 그대로 뛰어나왔으랴. 소리를 질러서 혼을 내고는 싶었으나 제 에미가 또 방에서 끙끙거리고 앓는 게 안됐어서 그냥 눈만 잔뜩 흘겨주니까 고년이 대번 얼굴이 발개지더니 얼마 후에 감자 둘을 자기 발앞에다 내던지고는 깜찍스럽게 뒷짐을 지고 바깥으로 나가더라 한다.

하지만 이것은 나의 이야기에 아무 상관이 없는 것이다. 오직 옥이가 개똥네 방엘 왜 들어갔을까 그 까닭만 말하여두면 고만이다. 이 집이 먼저 개똥네 집이라 하였으나 그런 것이 아니라 실상은 요 개울 건너 도사 댁 소유이고, 개똥 어머니는 말하자면 그 댁의 대대로 내려오는 씨종이었다. 그래 그 댁 집에 들고 그 댁 땅을 부쳐 먹고 그 댁 세력에 살고 하는 덕으로 개똥 어머니는 가끔 상전 댁에 가서 빨래도 하고 다듬이도 하고 또는 큰 일 때는 음식도 맡아보기도 하고 해서 맛 좋은 음식을 뻔질 몰아들인다. 나리 댁 생신이 오늘인 것을 알고 고년이 음식을 뒤져 먹으러 들어왔다가 없으니까 감자라도 먹을 양으로 하고 지껄이던 개똥 어머니의 추측이 조금도 틀리지는 않았다. 마을에 먹을 거 났다 하면 이 옥이만치 잽싸게 먼저 알기는 좀 어려우리라. 그러나 옥이가 개똥 어머니만 따라가면 밥이고 떡이고 좀 얻어주려니 하고 앙큼한 생각으로 살랑살랑 따라왔다고는 하지만, 그것은 옥이를 무시하는 소리에 지나지 않는다.

옥이가 뒷짐을 딱 짚고 개똥 어머니의 뒤를 따를 제 아무 계획도 없었다. 방엘 들어가자니 어머니가 아프다고 짜증만 내고 싸리문 밖에서 섰자니 춥고 떨리긴 하고. 그렇다고 나들이를 좀 가 보자니 갈 곳이 없다. 그래 멀거니 떨고 섰다가 개똥 어머니가 개울 길로 가는 걸 보고는 이게 저 갈 길이나 아닌가 하고 나선 그뿐이었다. 이때 무슨 생각이 있었다면 그것은 이새끼가 얼른 와야 죽을 쒀 먹을 텐데 하고 아버지에게 대한 미움과 간원이 뒤섞인 초조였다. 그 증거로 옥이는 도사 댁 문간에서 개똥 어머니를 놓치고는 혼자 우두커니 떨어졌다. 인제는 또 갈 데가 없게 되었으니 이럴까 저럴까 다시 망설인다.

그러나 결심을 한 것은 이 순간의 일이다. 옥이는 과연 중문 안으로 대담히 들어섰다. 새로운 희망, 아니 혹은 맛있는 음식을 쭉쭉거리는 그 입들이나마 한번 구경하고자 한 걸지도 모른다.

시선을 이러 저리로 둘러가며 주볏주볏 우선 부엌으로 향하였다. 그 태도는 마치 개똥 어머니에게 무슨 급히 전할 말이 있어 온 양이나 싶다. 부엌에는 어중이떠중이 동네 계집은 얼추 모인 셈이다. 고깃국에 밥 마는 사람에 찰떡을 씹는 사람! 이쪽에서 북어를 뜯으면 저기는 투정하는 자식을 주먹으로 때려가며 누렁지를 혼자만 쩍쩍거린다.

부엌문으로 불쑥 데미는 옥이의 대가리를 보더니 조런 여우 년, 밥주머니 왔니, 냄새는 잘두 맡는다, 이렇게들 제각기 욕 한 마디씩. 그러고는 까닭 없이 깔깔댄다. 옥이네는 이 댁의 종도 아니요 작인도 아니다. 물론 여기에 들어와 맛 좋은 음식 벌어진 이 판에 한 다리 뻗을 자격이 없다. 마는 남이야 욕을 하건 말건 옥이는 한구석에 잠자코 시름없이 서 있다. 이놈을 바라보고 침 한번 삼키고 저놈 걸 바라보고 침 한번 삼키고.

마침 이때 작은아씨가 내려왔다. 옥이 왔니 하고 반기더니 왜 어멈들만 먹느냐고 계집들을 나무란다. 그리고 옆에 섰는 개똥 어멈에게 애가 얼마든지 먹는단 애유 하고 옥이를 가리키매, 그 대답은 다만 싱글싱글 웃을 뿐이다. 작은아씨도 따라 웃었다. 노랑 저고리 남치마 열 서넛밖에 안된 어여쁜 작은아가씨. 손수 솥뚜껑을 열더니 큰 대접에 국을 뜨고 거기에다 하얀 이밥을 말아 수저까지 꽂아준다.

옥이는 황급히 얼른 잡아채었다. 이밥 이밥. 그 분량은 어른이 한때 먹어도 양은 좋이 차리라. 이것을 옥이가 뱃속에 집어넣은 시간을 따져본다면 고작 칠팔 분밖에는 더 허비치 않았다. 고기 우러난 국 맛은 입에 달았다. 잘 먹는다, 잘 먹는다 하고 옆에서들 추어주는 칭찬은 또한 귀에 달았다. 양쪽으로 신바람이 올라서 곁도 안 돌아보고 막 퍼 넣은 것이다. 계집들은 깔깔거리고 소곤거리고 하였다. 그러다 눈을 크게 뜨고 서로를 맞쳐다볼 때에는 한 그릇을 다 먹고 배가 불러서 웅크리고 앉은 채 뒤로 털썩 주저앉는 옥이를 보았다. 어디다 태워 먹었는지 군데군데 뚫어진 검정 두렁치마. 그나마도 폭이 좁아서 볼기짝은 통째 나왔다. 머리칼은 가시덤불같이 흩어져 어깨를 덮고. 이 꼴로 배가 불러서 식식거리며 떠는 것이다.

그래도 속은 고픈지 대접 밑바닥을 닥닥 긁고 있으니 작은 아씨는 생긋이 웃더니 그 손을 이끌고 마루로 올라간다. 날이 몹시 추워서 마루에는 아무도 없었다. 찬장 앞으로 가더니 손뼉만 한 시루팥떡이 나온다. 받아 들고는 또 널름 집어치웠다. 곧 뒤이어 다시 팥떡이 나왔다 그러나 이번에는 옥이는 손도 아니 내밀고 무언으로 거절하였다. 왜냐하면 이때 옥이의 배는 최대한도로 늘어났고 거반 바람 넣은 풋볼만치나 가죽이 탱탱하였다. 그것이 앞으로 늘다 못하여 마침내 옆구리로 퍼져서 잘 움직이지도 못하고 숨도 어깨를 치올려 식식하는 것이다. 아마 음식은 목구멍까지 꽉 찼으리라.

여기에 이상한 것이 하나 있다. 역시 떡이 나오는데 본즉 이것은 팥떡이 아니라 밤 대추가 여기저기 삐져나온 백설기. 한 번

덥석 물어 떼면 입안에서 그대로 스르르 녹을 듯싶다. 너 이것두 싫으냐 하니까 옥이는 좋다는 뜻으로 얼른 손을 내밀었다. 대체 이걸 어떻게 먹었을까. 그 공기만 한 떡 덩어리를. 물론 용감히 먹기 시작하였다. 처음에는 빨리 먹었다. 중간에는 천천히 먹었다. 그러다 이내 다 먹지 못하고 반쯤 남겨서는 작은아씨에게 도로 내주고 모로 고개를 돌렸다.

옥이가 그 배에다 백설기를 먹은 것도 기적이려니와 또한 먹다 내놓는 이것도 기적이라 안할 수 없다. 하기는 가슴속에서 떡이 목구멍으로 바짝 치뻗히는 바람에 못 먹기도 한 거지만. 여기다가 더 넣을 수가 있다면 그것은 다만 입안이 남았을 뿐이다. 그러면 그 다음 꿀 바른 주악 두 개는 어떻게 먹었을까. 상식으로는 좀 판단키 어려운 일이다. 하여간 너 이것은 하고 주악이 나왔을 때 옥이는 조금도 서슴지 않고 받았다. 그리고 한 놈을 손끝으로 집어서 그 꿀을 쪽쪽 빨더니 입속에 집어넣었다. 그 꿀을 한참 오기오기 씹다가 꿀떡 삼켜본다. 가슴만 뜨끔할 뿐 즉시 떡은 도로 넘어온다. 다시 씹는다. 어깨와 머리를 앞으로 꾸부려 용을 쓰며 또 한 번 꿀떡 삼켜본다.

이것은 도시 사람의 일로는 생각되지 않는다. 허나 주의할 것은 일상 곯아만 온 굶주린 창자의 착각이다. 배가 불렀는지 혹은 곯았는지 하는 건 이때의 문제가 아니다. 한갓 자꾸 먹어야 된다는 걸쌈스러운 탐욕이 옥이 자신도 모르게 활동하였고 또는 옥이는 제가 먹고 싶은 걸 무엇무엇 알았을 그뿐이었다. 거기다

맛깔스러운 그 떡 맛. 생전 맛 못 보던 그 미각을 한 번 즐겨보고자 기를 쓴 노력이다. 만약 이 떡의 순서가 주악이 먼저 나오고 백설기, 팥떡 이렇게 나왔다면 옥이는 주악만으로 만족했을지 모른다. 그러고 백설기, 팥떡은 단연 아니 먹었을 것이다. 너는 보도 못하고 어떻게 그리 남의 일을 잘 아느냐, 그러면 그 장면을 목도한 개똥 어머니에게 좀 설명하여 받기로 하자.

아, 참 고년 되우는 먹읍디다. 그 밥 한 그릇을 다 먹구 그래 떡을 또 먹어유. 그게 배때기지유. 주악 먹을 제 나는 인제 죽나부다 그랬슈. 물 한 모금 안 처먹고 꼬기꼬기 씹어서 꼴딱 삼키는데, 아 눈을 요렇게 뒵쓰고 꼴딱 삼킵디다. 온 이게 사람이야. 나는 간이 콩알만 했지유. 꼭 죽는 줄 알고. 추워서 달달 떨고 섰는 꼴하고 참 깜찍해서 내가 다 소름이 쪼옥 끼칩디다. 이걸 가만히 듣다가 그럼 왜 말리진 못했느냐고 탓하니까, 제가 일부러 먹이기도 할 텐데 그렇게는 못하나마 배고파 먹는 걸 무슨 혐의로 못 먹게 하겠느냐고 되려 성을 발끈 낸다. 그러나 요건 빨간 거짓말이다. 저도 다른 계집 마찬가지로 마루 끝에 서서 잘 먹는다 잘 먹는다 이렇게 여러 번 칭찬하고 깔깔대고 했었음에 틀림없을 게다.

옥이의 이 봉변은 여지껏 동리의 한 이야깃거리가 되어 있다. 할일이 없으면 계집들은 몰려 앉아서 그때의 일을 찧고 까불고 서로 떠들어댄다. 그리고 옥이가 마땅히 죽어야 할 걸 그래도 살아난 것이 퍽이나 이상한 모양 같다. 딴은 사날이나 먹지를 못하고 몸이 끓어서 펄펄 뛰며 앓을 만치 옥이는 그렇게 혼이 났던 것이다.

하지만 처음부터 짜장 가슴을 죄인 것은 그래두 옥이 어머니 하나뿐이었다. 아파서 드러누웠다 방으로 들어오는 옥이를 보고 고만 벌떡 일어났다. 왜 배가 이 모양이냐 물으니 대답은 없고 옥이는 가만히 방바닥에 가 눕더란다. 그 배를 건드리지 않도록 반듯이 눕는데 아구 배야 소리를 복고개가 터지라고 내지르며 냉골에서 이리 때굴 저리 때굴 구르며 혼자 법석이다. 그러나 뺨 위로 먹은 것을 꼬약꼬약 도르고는 필경 까무러쳤으리라. 얼굴이 해쓱해지며 사지가 축 늘어져버린다.

이 서슬에 어머니는 그의 표현대로 하늘이 무너지는 듯 눈앞이 캄캄하였다. 그는 딸을 붙들고 자기도 어이구머니 하고 울음을 놓고 이를 어째 이를 어째 몇 번 그래 소리를 치다가 아무도 돌봐주러 오는 사람이 없으니까 허겁지겁 곤두박질을 하여 밖으로 뛰어나왔다. 그의 생각에 이 급증을 돌리려면 점쟁이를 불러 경을 읽는 수밖에 다른 도리가 없을 듯싶어서이다.

물론 대낮부터 북을 뚜드려가며 경을 읽기 시작하였다. 점쟁이의 말을 들어보면 과식했다고 죄다 이래서는 살 사람이 없지 않느냐고. 이것은 음식에서 난 병이 아니라 늘 따르던 동자상문이 어쩌다 접해서 일테면 귀신의 놀음이라는 해석이었다.

그렇다면 내가 생각건대 옥이가 도사 댁 문전에 나왔을 제 혹 귀신이 접했는지도 모른다. 왜냐 그러면 옥이는 문앞 언덕을 내리다 고만 눈 위로 낙상을 해서 곧 한참을 꼼짝 않고 고대로 누웠었다. 그만치 몸의 자유를 잃었다. 다시 일어나 눈을 몇 번 털고는 걸어보았다. 다리는 천근인지 한번 디디면 다시 떼기가 쉽지 않다. 눈까풀은 빽빽거리고 게다 선하품은 자꾸 터지고. 어깨를 치올리어 여전히 식, 식, 거리며 눈 속을 이렇게 조심조심 걸어간다. 삐끗만 하였다가는 배가 터진다. 아니 정말은 배가 터지는 그 염려보다 우선 배가 아파서 삐끗도 못할 형편. 과연 옥이의 배는 동네 계집들 말마따나 헐없이 애 밴 사람의, 그것도 만삭된 이의 괴로운 배 그것이었다.

개울 길을 내려오자 우물이 눈에 띄자 얘는 갑작스레 조갈을 느꼈다. 엎드려 바가지로 한 모금 꿀꺽 삼켜본다. 이와 목구멍이 다만 잠깐 저렸을 뿐 물은 곧바로 다시 넘어온다. 그뿐 아니라 뒤를 이어서 떡이 꾸역꾸역 쏟아진다. 잘 씹지 않고 얼김에 삼킨 떡이라 삭지 못한 그대로 덩어리 덩어리 넘어온다. 우물 전 얼음 위에는 삽시간에 떡이 한 무더기. 옥이는 다시 눈 위에 기운 없이 쓰러지고 말았다. 이러던 애가 어떻게 제 집엘 왔을까 생각하면 여간 큰 노력이 아니요 참 장한 모험이라 안할 수 없는 일이다.

내가 옥이네 집을 찾아간 것은 이때 썩 지어서이다. 해넘이의 바람은 차고 몹시 떨렸으나 옥이에 대한 소문이 흉하므로 퍽 궁금하였다. 허둥거리며 방문을 펄떡 열어보니 어머니는 딸 머리맡에서 무르팍에 눈을 비벼가며 여지껏 훌쩍거리고 앉았다. 냉병은 아주 가셨는지 노상 누렇게 고민하던 그 상이 지금은 불콰하니 눈물이 흐른다. 그리고 놈은 쭈그리고 앉아서 나를 보고도 인사도 없다. 팔짱을 떡 찌르고는 맞은 벽을 뚫어보며 무슨 결기나 먹은 듯이 바아루 위엄을 보이고 있다. 오늘은 일찍 나온 것을 보면 나무도 잘 판 모양.

얼마 후 놈은 옆으로 고개를 돌리더니 여보게 참말 죽지는 않겠나 하고 물으니까 봉구는 눈을 끔벅끔벅하더니 죽기는 왜 죽어 한나절토록 경을 읽었는데 하고 자신이 있는 듯 없는 듯 얼치기 대답이다. 제 딴은 경을 읽기는 했건만 조금도 효험이 없으매 저로도 의아한 모양이다. 이 봉구란 놈은 본시가 날탕이다. 계집에 노름에 혹하는 그 수단은 당할 사람이 없고 또 이것도 재주랄지 못하는 게 별반 없다. 농사로부터 노름질 침주기 점치기 지우질 심지어 도적질까지. 경을 읽을 때에는 눈을 감고 중얼거리는 것이 바로 장님이 왔고 투전장을 뽑을 때에는 그 눈깔이 밝기가 부엉이 같다.

그러건만 뭘 믿는지 마을에서 병이 나거나 일이 나거나 툭하면 이놈을 불러대는 게 버릇이 되었다. 이까짓 놈이 점을 친다면 참이지 나는 용뿔을 빼겠다. 덕희가 눈을 찌끗하고 소금을 더 좀 먹여볼까 하고 물을 제 나는 그 대답은 않고, 경은 무슨 경을 읽는다고 그래 건방지게, 그 사관이나 좀 틀게나 하고 낯을 붉히며 봉구에게 소리를 빽 질렀다. 왜냐면 지금은 경이니 소금이니 할 때가 아니다. 아이를 포대기를 덮어서 뉘었는데 그 얼굴이 노랗게 질렸고 눈을 감은 채 가끔 다르르 떨고 다르르 떨고 하는 것이다. 그리고 입으로는 아직도 게거품을 섞어 밥풀이 꼴깍꼴깍 넘어온다. 손까지 싸늘하고 핏기는 멎었다. 시방 생각하면 이때 죽었을 걸 혹 사관으로 살았는지도 모른다.

내가 서두는 바람에 봉구는 주머니 속에서 조고만 대통을 꺼냈다. 또 그 속에서 녹슨 침 하나를 꺼내더니 입에다 한번 쭉 빨고는 쥐가 뜯어먹은 듯한 칼라 머리에다 쓱쓱 문지른다. 바른손을 놓은 다음 왼손 엄지손가락으로 침이 또 들어갈 때에서야 비로소 옥이는 정신이 나나 보다. 으악, 소리를 지르며 깜짝 놀란다. 그와 동시에 푸드득 하고 포대기 속으로 똥을 깔겼다.

덕희는 이걸 뻔히 바라보고 있더니 골피를 접으며 어이 배랄 먹을 년 웬걸 그렇게 처먹고 이 지랄이야 하고는 욕을 오라지게 퍼붓는다. 그러나 나는 그 속을 빤히 보았다. 저와 같이 먹다가 이렇게 되었다면 아마 이토록은 노엽지 않았으리라. 그 귀한 음식을 돌르도록 처먹고도 애비 한쪽 갖다 줄 생각을 못한 딸이 지극히 미웠다.

고년 고래 웬 떡을 배가 터지도록 처먹는담 하고 입을 삐쭉대는 그 낯짝에 시기와 증오가 역력히 나타난다. 사실로 말하자면 이런 경우에는 저도 반드시 옥이와 같이 했으련만, 아니 놈은 꿀 바른 주악을 다 먹고도 또 막걸리를 준다면 물다 뱉는 한이 있더라도 어쨌든 덥석 물었으리라 생각하고는, 나는 그 얼굴을 다시 한 번 쳐다보았다.

—《중앙》1935. 6

10월에 피는 능금꽃

이효석

민출한 자작나무 밑에서 아귀아귀 종이 먹는 하아얀 산양山羊 ― 일 년 동안이나 나와 벗한 너는 나의 이 무위의 일 년을 설명하려 하지 않는가. 종이를 ― 이야기를 좋아하는 양. 한 권의 책도 많다 하지 않고 두 권의 책도 사양하지 않는구나. 이 이야기에 배부르면 풀 위에 누워 가지가지의 꿈을 되풀이하는 애잔한 자태 ― 너에게 이야기를 먹이고 꿈을 주기에 나의 무위의 일 년이 마저마저 지내려 한다.

옛성 모롱이 저편에 아리숭하게 내다 보이는 한 줄기의 바다 ― 마을의 시절은 거기서부터 시작된다. 진하던 바다의 빛이 엷어지기 시작하더니 마을의 가을은 어느덧 깊어졌다. 관모봉은 어느 결엔지 눈을 하얗게 썼고 헐벗은 마을은 앙크런 해골을 드러내 놓았다.

헌칠한 벌판에 능금꽃이 피고 나무가 우거지고 벼이삭이 무거울 때에는 그래도 마을은 기름지게 빛나더니 이제 풍성한 윤택을 잃은 마을은 하는 수 없이 가난한 참혹한 꼴을 그대로 드러내 놓았다. 마을의 꼴이 참혹하기 때문에 나는 눈을 돌려 도리어 마을의 자연을 사랑하려고 하였다. 마을의 현실에서 눈을 덮고 풍성한 자연 속에서 노래를 찾으려 하고, 책상 위에 쌓인 활자의 산 속에서 진리를 캐려고 애썼다.

이때부터 서재와 양과 능금밭 사이의 한가한 '돈키호테'적 방황이 시작되었다. 거칠은 안개 속에서 구태여 시를 찾으려 하고 연지빛 능금빛 봉오리 앞에 서서 피지 못하는 내 자신의 하염없는 꼴을 한탄하는 동안에 값없는 우울한 시간이 흘렀다. 마을의 산문은 그러나 이 무위의 방황을 암독하게 매질하지 않았던가.

보리의 시절을 앞둔 앞집에서는 별안간의 소동이었다.

"이왕 못살 바에야 솥 아니라 집까지 빼 가시오. 이 나그네들, 세×만세×이구 — 그래 이 백성들은 어쩌잔 말요."

'마매'는 펄펄 뛰면서 고함을 쳤다.

그러나 이 고함과는 아무 관계도 없는 듯이 소에게 끌린 한 대의 '술기'가 유유히 뜰 앞을 굴러 나왔다. 장부를 든 면× 서기가 두 사람 그 뒤를 따랐다. '술기' 위에는 ×금 체납으로 처분한 가마밥솥 등이 삐죽이 솟아 나와 보고 섰는 이웃 사람들의 간담을 써늘하게 찔렀다.

뼛속까지 파고드는 이 야살스러운 풍경을 말살하여 버리려고 애쓰면서 나는 마을을 벗어져 석방으로 뛰어나갔다. 들에서 능금밭으로, 능금밭에서 자작나무 밑으로. 생활을 떠난 초목의 풍경은 가련한 '햄릿'을 용납하기에 진실로 관대함을 깨달은 까닭이다.

그러나 현실은 또한 추근추근하게 척지고 뒤를 좇았다. 집에 돌아왔을 때에 나는 책상 위 활자의 진리 속에서 한 장의 편지를 발견하였다. 봉투 속에는 한 장의 편지와 함께 흙덩이도 아니요, ×덩이도 아닌 괴상한 한 개의 덩어리가 들어 있었다. 의아한 생각으로 편지를 읽어 가는 동안에 나는 촌에 있는 동무의 설명에 다시 놀라지 않을 수 없었다.

"동무여, 놀라지 마시요. 이것은 한 조각의 떡이외다. 마을 사람들이 아침저녁으로 먹고 살아가는 떡이외다. 이른 봄에 벌써 양식이 떨어져 버린 마을 사람들은 하는 수 없이 소나물 껍질을 벗겨다가 약간 남은 수수쌀을 섞어서 떡을 빚기 시작하였소이다. 껍질을 벗기운 솔밭은 봄 동안에 흰 솔밭으로 변하였소이다. 현명한 동무여, 보시오. 이것은 결코 사람이 먹을 것이 못됩니다. 마을 사람들은 인간으로서 다다를 최하층의 세상에 떨어져서 이제는 벌써 인간 이하의 지옥의 길을 걷고 있는 것이외다. 백 마디의 나의 감상보다도 이 한 조각의 떡을 참으로 현명한 동무에게 보내는 터이외다…."

— 실로 인간 이하이다.

다시 우울하여진 나는 속으로 중얼거리면서 집을 뛰어나가 저물어 버린 마을 밖으로 향하였다.

먼 산에는 난데없는 불이 나서 어두워 가는 밤 속에 새빨간 색채가 선명하게 피어올랐다. 그것은 마치 세상을 불사르려는 아귀의 혓바닥같이 널름널름 어둠을 먹어 들어갔다. 찬란한 광채의 반사를 받은 듯이 어둠에 젖은 능금꽃은 밤 속에 우렷이 빛났다. 여름이 오고 가을을 맞이함을 따라 자연은 기름지게 빛나나 마을의 생활은 한층 한층 더 여위어 갈 뿐이다. 능금밭에는 아름다운 꽃이 지고 열매가 맺혔다. 새빨간 별을 뿌려놓은 듯이 아름다운 능금이 송이송이 벌판을 수놓았다.

그러나 이 동안에 피지 못하는 나는 여전히 초라한 '햄릿'을 계속하여 왔을 따름이다. 시간과 방황 속에 곧은 낚시를 드리워 왔을 뿐이다.

시월이 짙어 동짓달을 바라보니 성 모롱이 저편의 바다 빛이 엷어지고 헌칠한 벌판을 배경으로 앙클한 마을이 속임 없는 똑바른 자태를 그대로 드러내 놓았다. 앙클한 해골이 이제는 가리울 것 없이 마음을 아프게 에웠다.

그 거칠은 벌판에서 나는 하루아침 놀라운 것을 발견하였다. 헐벗은 능금밭 마른 가지에 돌연히 꽃이 핀 것이다. 희고 조촐한 두어 떨기의 꽃이 마치 기적같이 마른 나뭇가지에 열려 있지 않는가. 대체 이런 법도 있는가. 너무도 놀란 나는 잠시 말없이 물끄러미 꽃을 바라보았다. 건너편 관모봉의 흰 눈과 시월에 피는 능금꽃 — 이것을 비겨 볼 때 이 시절을 무시한 능금꽃의 아름다운 기개에 다시 탄복하지 않을 수 없었다.

"슬퍼 말라. 시월에도 능금꽃은 피는 것이다!"

별안간 솟아오르는 힘을 전신에 느끼는 나는 감동에 취하여 쉽사리 그곳을 떠나기가 어려웠다.

— 11월 26일 밤

—《삼천리》1933. 1

운수 좋은 날

현진건

소설가. 낭만주의적 문학관을 표방한 '백조' 동인으로 참여하였으나, 〈운수 좋은 날〉 〈술 권하는 사회〉 등 사실주의 계열의 작품을 많이 썼다.

새침하게 흐린 품이 눈이 올 듯하더니 눈은 아니 오고 얼다가 만 비가 추적추적 내리는 날이었다.

이날이야말로 동소문 안에서 인력거꾼 노릇을 하는 김첨지에게는 오래간만에도 닥친 운수 좋은 날이었다 문안에(거기도 문밖은 아니지만) 들어간답시는 앞집 마나님을 전찻길까지 모셔다 드린 것을 비롯으로 행여나 손님이 있을까 하고 정류장에서 어정어정하며 내리는 사람 하나하나에게 거의 비는 듯한 눈결을 보내고 있다가 마침내 교원인 듯한 양복쟁이를 동광학교까지 태워다 주기로 되었다.

첫 번에 삼십 전, 둘째 번에 오십 전 — 아침 댓바람에 그리 흔치 않은 일이었다. 그야말로 재수가 옴붙어서 근 열흘 동안 돈

구경도 못한 김첨지는 십 전짜리 백동화 서 푼 또는 다섯 푼이 찰깍 하고 손바닥에 떨어질 제 거의 눈물을 흘릴 만큼 기뻤었다. 더구나 이날 이때에 이 팔십 전이라는 돈이 그에게 얼마나 유용한지 몰랐다 컬컬한 목에 모주 한 잔도 적실 수 있거니와 그보다도 앓는 아내에게 설렁탕 한 그릇도 사다 줄 수 있음이다.

그의 아내가 기침으로 쿨룩거리기는 벌써 달포가 넘었다. 조밥도 굶기를 먹다시피 하는 형편이니 물론 약 한 첩 써본 일이 없다. 구태여 쓰려면 못 쓸 바도 아니로되 그는 병이란 놈에게 약을 주어 보내면 재미를 붙여서 자꾸 온다는 자기의 신조에 어디까지 충실하였다. 따라서 의사에게 보인 적이 없으니 무슨 병인지는 알 수 없으되, 반듯이 누워 가지고 일어나기는 새로 모로도 못 눕는 걸 보면 중증은 중증인 듯. 병이 이대도록 심해지기는 열흘 전에 조밥을 먹고 체한 때문이다. 그때도 김첨지가 오래간만에 돈을 얻어서 좁쌀 한 되와 십 전짜리 나무 한 단을 사다 주었더니, 김첨지의 말에 의지하면 그 오라질 년이 천방지축으로 냄비에 대고 끓였다. 마음은 급하고 불길은 닿지 않아 채 익지도 않은 것을 그 오라질 년이 숟가락은 고만두고 손으로 움켜서 두 뺨에 주먹덩이 같은 혹이 불거지도록 누가 빼앗을 듯이 처박질하더니만, 그날 저녁부터 가슴이 땡긴다, 배가 켕긴다고 눈을 홉뜨고 지랄병을 하였다. 그때 김첨지는 열화와 같이 성을 내며,

"에이, 오라질년. 조랑복은 할 수가 없어. 못 먹어 병, 먹어서 병! 어쩌란 말이야! 왜 눈을 바루 뜨지 못해!"

하고 앓는 이의 뺨을 한 번 후려갈겼다. 홉뜬 눈은 조금 바루어졌건만 이슬이 맺히었다. 김첨지의 눈시울도 뜨끈뜨끈하였다.

이 환자가 그러고도 먹는 데는 물리지 않았다. 사흘 전부터 설렁탕 국물이 마시고 싶다고 남편을 졸랐다.

"이런 오라질 년! 조밥도 못 먹는 년이 설렁탕은 또 처먹고 지랄병을 하게."

라고 야단을 쳐보았건만, 못 사주는 마음이 시원치는 않았다. 인제 설렁탕을 사줄 수도 있다. 앓는 어미 곁에서 배고파 보채는 개똥이(세 살먹이)에게 죽을 사줄 수도 있다 — 팔십 전을 손에 쥔 김첨지의 마음은 푼푼하였다.

그러나 그의 행운은 그걸로 그치지 않았다. 땀과 빗물이 섞여 흐르는 목덜미를 기름주머니가 다 된 왜목 수건으로 닦으며, 그 학교 문을 돌아 나올 때였다. 뒤에서 "인력거!" 하고 부르는 소리가 난다. 자기를 불러 멈춘 사람이 그 학교 학생인 줄 김첨지는 한 번 보고 짐작할 수 있었다. 그 학생은 다짜고짜로,

"남대문 정거장까지 얼마요?"

라고 물었다. 아마도 그 학교 기숙사에 있는 이로 동기방학을 이용하여 귀향하려 함이리라. 오늘 가기로 작정은 하였건만 비는 오고, 짐은 있고 해서 어찌할 줄 모르다가 마침 김첨지를 보고 뛰어나왔음이리라. 그렇지 않으면 왜 구두를 채 신지 못해서 질질 끌고, 비록 고구라 양복일망정 노박이로 비를 맞으며 김첨지를 뒤쫓아 나왔으랴.

"남대문 정거장까지 말씀입니까."

하고 김첨지는 잠깐 주저하였다. 그는 이 우중에 우장도 없이 그 먼 곳을 철벅거리고 가기가 싫었음일까? 처음 것, 둘째 것으로 고만 만족하였음일까?

아니다, 결코 아니다. 이상하게도 꼬리를 맞물고 덤비는 이 행운 앞에 조금 겁이 났음이다. 그리고 집을 나올 제 아내의 부탁이 마음에 켕기었다 — 앞집 마나님한테서 부르러 왔을 제, 병인은 뼈만 남은 얼굴에 유일의 샘물 같은 유달리 크고 움푹한 눈에 애걸하는 빛을 띄우며,

"오늘은 나가지 말아요. 제발 덕분에 집에 붙어 있어요. 내가 이렇게 아픈데."

라고 모기 소리같이 중얼거리고, 숨을 걸그렁걸그렁하였다. 그때에 김첨지는 대수롭지 않은 듯이,

"아따 젠장맞을 년, 별 빌어먹을 소리를 다 하네. 맞붙들고 앉았으면 누가 먹여 살릴 줄 알아."

하고 훌쩍 뛰어나오려니까 환자는 붙잡을 듯이 팔을 내저으며,

"나가지 말라도 그래. 그러면 일찍이 들어와요."

하고 목메인 소리가 뒤를 따랐다.

정거장까지 가잔 말을 들은 순간에 경련적으로 떠는 손, 유달리 큼직한 눈, 울 듯한 아내의 얼굴이 김첨지의 눈앞에 어른어른하였다.

"그래 남대문 정거장까지 얼마란 말이요?"

하고 학생은 초조한 듯이 인력거꾼의 얼굴을 바라보며 혼잣말같이,

"인천 차가 열한 점에 있고, 그 다음에는 새로 두 점이든가."

라고 중얼거린다.

"일 원 오십 전만 줍시요."

이 말이 저도 모를 사이에 불쑥 김첨지의 입에서 떨어졌다. 제 입으로 부르고도 스스로 그 엄청난 돈 액수에 놀랐다. 한꺼번에 이런 금액을 불러라도 본 지가 그 얼마 만인가! 그러자 그 돈 벌 용기가 병자에 대한 염려를 사르고 말았다. 설마 오늘 내로 어떠랴 싶었다. 무슨 일이 있더라도 제일, 제이의 행운을 곱친 것보다도 오히려 갑절이 많은 이 행운을 놓칠 수 없다 하였다.

"일 원 오십 전은 너무 과한데."

이런 말을 하며 학생은 고개를 기웃하였다.

"아니올시다. 잇수로 치면 여기서 거기가 시오 리가 넘는답니다. 또 이런 진 날은 좀 더 주셔야지요."

하고 빙글빙글 웃는 차부의 얼굴에는 숨길 수 없는 기쁨이 넘쳐 흘렀다.

"그러면 달라는 대로 줄 터이니 빨리 가요."

관대한 어린 손님은 이런 말을 남기고 총총히 옷도 입고 짐도 챙기러 갈 데로 갔다.

그 학생을 태우고 나선 김첨지의 다리는 이상하게 거뿐하였

다. 달음질을 한다느니보다 거의 나는 듯하였다. 바퀴도 어떻게 속히 도는지 구른다느니보다 마치 얼음을 지쳐 나가는 스케이트 모양으로 미끄러져 가는 듯하였다. 언 땅에 비가 내려 미끄럽기도 하였지만.

이윽고 끄는 이의 다리는 무거워졌다. 자기 집 가까이 다다른 까닭이다. 새삼스러운 염려가 그의 가슴을 눌렀다. "오늘은 나가지 말아요. 내가 이렇게 아픈데" 이런 말이 잉잉 그의 귀에 울렸다. 그리고 병자의 움쑥 들어간 눈이 원망하는 듯이 자기를 노리는 듯하였다. 그러자 엉엉 하고 우는 개똥이의 곡성을 들은 듯싶다. 딸국딸국 하고 숨 모으는 소리도 나는 듯싶다.

"왜 이러우? 기차 놓치겠구먼."

하고 탄 이의 초조한 부르짖음이 간신히 그의 귀에 들어왔다. 언뜻 깨달으니 김첨지는 인력거를 쥔 채 길 한복판에 엉거주춤 멈춰 있지 않은가.

"예, 예."

하고 김첨지는 또다시 달음질하였다. 집이 차차 멀어 갈수록 김첨지의 걸음에는 다시금 신이 나기 시작하였다. 다리를 재게 놀려야만 쉴 새 없이 자기의 머리에 떠오르는 모든 근심과 걱정을 잊을 듯이.

정거장까지 끌어다 주고 그 깜짝 놀란 일 원 오십 전을 정말 제 손에 쥠에, 제 말마따나 십 리나 되는 길을 비를 맞아 가며 질퍽거리고 온 생각은 아니하고 거저나 얻은 듯이 고마웠다. 졸부

나 된 듯이 기뻤다. 제 자식뻘밖에 안되는 어린 손님에게 몇 번 허리를 굽히며,

"안녕히 다녀옵시요."

라고 깍듯이 재우쳤다.

그러나 빈 인력거를 털털거리며 이 우중에 돌아갈 일이 꿈밖이었다. 노동으로 하여 흐른 땀이 식어지자 굶주린 창자에서 물 흐르는 옷에서 어슬어슬 한기가 솟아나기 비롯하매 일 원 오십 전이란 돈이 얼마나 괜찮고 괴로운 것인 줄 절절히 느끼었다. 정거장을 떠나는 그의 발길은 힘 하나 없었다. 온몸이 옹송그려지며 당장 그 자리에 엎어져 못 일어날 것 같았다.

"젠장맞을 것, 이 비를 맞으며 빈 인력거를 털털거리고 돌아를 간담. 이런 빌어먹을 제 할미를 붙을 비가 왜 남의 상판을 딱딱 때려!"

그는 몹시 화증을 내며 누구에게 반항이나 하는 듯이 게걸거렸다. 그럴 즈음에 그의 머리엔 또 새로운 광명이 비쳤나니, 그것은 '이러구 갈 게 아니라 이 근처를 빙빙 돌며 차 오기를 기다리면 또 손님을 태우게 될는지도 몰라'란 생각이었다. 오늘 운수가 괴상하게도 좋으니까 그런 요행이 또 한 번 없으리라고 누가 보증하랴. 꼬리를 굴리는 행운이 꼭 자기를 기다리고 있다고 내기를 해도 좋을 만한 믿음을 얻게 되었다. 그렇다고 정거장 인력거꾼의 등쌀이 무서우니 정거장 앞에 섰을 수는 없었다. 그래 그는 이전에도 여러 번 해본 일이라 바로 정거장 앞 전차 정류장에

서 조금 떨어지게 사람 다니는 길과 전찻길 틈에 인력거를 세워 놓고, 자기는 그 근처를 빙빙 돌며 형세를 관망하기로 하였다. 얼마 만에 기차는 왔고 수십 명이나 되는 손이 정류장으로 쏟아져 나왔다. 그 중에서 손님을 물색하는 김첨지의 눈엔 양머리에 뒤축 높은 구두를 신고 망토까지 두른 기생퇴물인 듯, 난봉 여학생인 듯한 여편네의 모양이 띄었다. 그는 슬근슬근 그 여자의 곁으로 다가들었다.

"아씨, 인력거 아니 타시랍시요?"

그 여학생인지 뭔지가 한참은 매우 때깔을 빼며 입술을 꼭 다문 채 김첨지를 거들떠보지도 않았다. 김첨지는 구걸하는 거지나 무엇같이 연해연방 그의 기색을 살피며,

"아씨, 정거장 애들보담 아주 싸게 모셔다 드리겠습니다. 댁이 어디신가요?"

하고 추근추근하게도 그 여자의 들고 있는 일본식 버들고리짝에 제 손을 대었다.

"왜 이래, 남 귀치않게."

소리를 벽력같이 지르고는 돌아선다. 김첨지는 어랍시요 하고 물러섰다.

전차는 왔다. 김첨지는 원망스럽게 전차 타는 이를 노리고 있었다. 그러나 예감은 틀리지 않았다. 전차가 빡빡하게 사람을 싣고 움직이기 시작하였을 제, 타고 남은 손 하나가 있었다. 굉장하게 큰 가방을 들고 있는 걸 보면 아마 붐비는 차 안에 짐이 크

다 하여 차장에게 밀려 내려온 눈치였다. 김첨지는 대어섰다.

"인력거를 타시랍시요."

한동안 값으로 승강이를 하다가 육십 전에 인사동까지 태워다주기로 하였다. 인력거가 무거워지매 그의 몸은 이상하게도 가벼워졌고, 그리고 또 인력거가 가벼워지니 몸은 다시금 무거워졌건만, 이번에는 마음조차 초조해 온다. 집의 광경이 자꾸 눈앞에 어른거리어 인제 요행을 바랄 여유도 없었다.

나무 등걸이나 무엇 같고 제 것 같지도 않은 다리를 연해 꾸짖으며 질팡갈팡 뛰는 수밖에 없었다. 저놈의 인력거꾼이 저렇게 술이 취해 가지고 이 진땅에 어찌 가노, 라고 길 가는 사람이 걱정을 하리만큼, 그의 걸음은 황급하였다. 흐리고 비 오는 하늘은 어둠침침하게 벌써 황혼에 가까운 듯하다. 창경원 앞까지 다다라서야 그는 턱에 닿은 숨을 돌리고 걸음도 늦추잡았다.

한 걸음 두 걸음 집이 가까워 갈수록 그의 마음조차 괴상하게 누그러웠다. 그런데 이 누그러움은 안심에서 오는 게 아니요, 자기를 덮친 무서운 불행을 빈틈없이 알게 될 때가 박두한 것을 두려워하는 마음에서 오는 것이다. 그는 불행에 다닥치기 전 시간을 얼마쯤이라도 늘이려고 버르적거렸다. 기적에 가까운 벌이를 하였다는 기쁨을 할 수 있으면 오래 지니고 싶었다. 그는 두리번두리번 사면을 살피었다. 그 모양은 마치 자기 집 — 곧 불행을 향하고 다가가는 제 다리를 제 힘으로는 도저히 어찌할 수 없으니 누구든지 나를 좀 잡아다고, 구해 다고 하는 듯하였다.

그럴 즈음에 마침 길가 선술집에서 그의 친구 치삼이가 나온다. 그의 우글우글 살진 얼굴에 주홍이 돋는 듯, 온 턱과 뺨을 시커멓게 구레나룻이 덮였거늘, 노르탱탱한 얼굴이 바짝 말라서 여기저기 고랑이 패고 수염도 있대야 턱밑에만 마치 솔잎 송이를 거꾸로 붙여 놓은 듯한 김첨지의 풍채하고는 기이한 대상을 짓고 있었다.

"여보게, 김첨지. 자네 문안 들어갔다 오는 모양일세그려. 돈 많이 벌었을 테니 한잔 빨리게."

뚱뚱보는 말라깽이를 보던 맡에 부르짖었다. 그 목소리는 몸집과 딴판으로 연하고 싹싹하였다. 김첨지는 이 친구를 만난 게 어떻게 반가운지 몰랐다. 자기를 살려준 은인이나 무엇같이 고맙기도 하였다.

"자네는 벌써 한잔한 모양일세그려. 자네도 오늘 재미가 좋아 보이."

하고 김첨지는 얼굴을 펴서 웃었다.

"아따, 재미 안 좋다고 술 못 먹을 낸가. 그런데 여보게, 자네 왼몸이 어째 물독에 빠진 새앙쥐 같은가? 어서 이리 들어와 말리게."

선술집은 훈훈하고 뜨뜻하였다. 추어탕을 끓이는 솥뚜껑을 열 적마다 뭉게뭉게 떠오르는 흰 김, 석쇠에서 빠지짓빠지짓 구워지는 너비아니구이며 제육이며 간이며 콩팥이며 북어며 빈대떡… 이 너저분하게 늘어놓인 안주 탁자에 김첨지는 갑자기 속이 쓰려서 견딜 수 없었다. 마음대로 할 양이면 거기 있는 모든 먹음 먹이를 모조리 깡그리 집어삼켜도 시원치 않았다. 하되 배고픈 이는 위선 분량 많은 빈대떡 두 개를 쪼이기도 하고, 추어탕을 한 그릇 청하였다. 주린 창자는 음식 맛을 보더니 더욱더욱 비어지며 자꾸자꾸 들이라 들이라 하였다. 순식간에 두부와 미꾸리 든 국 한 그릇을 그냥 물같이 들이켜고 말았다. 셋째 그릇을 받아 들었을 제, 데우던 막걸리 곱배기 두 잔이 더웠다. 치삼이와 같이 마시자 원원이 비었던 속이라 찌르르 하고 창자에 퍼지며 얼굴이 화끈하였다. 눌러 곱배기 한 잔을 또 마셨다.

김첨지의 눈은 벌써 개개 풀리기 시작하였다. 석쇠에 얹힌 떡 두 개를 숭덩숭덩 썰어서 볼을 불룩거리며 또 곱빼기 두 잔을 부어라 하였다.

치삼은 의아한 듯이 김첨지를 보며,

"여보게, 또 붓다니 벌써 우리가 넉 잔씩 먹었네. 돈이 사십 전일세."

라고 주의시켰다.

"아따 이놈아, 사십 전이 그리 끔찍하냐? 오늘 내가 돈을 막 벌었어. 참 오늘 운수가 좋았느니."

"그래 얼마를 벌었단 말인가."

"삼 원을 벌었어, 삼 원을. 이런 젠장맞을 술을 왜 안 부어… 괜찮다, 괜찮다. 막 먹어도 상관이 없어. 오늘 돈 산더미같이 벌었는데."

"어, 이 사람 취했군. 그만두세."

"이놈아, 그걸 먹고 취할 내냐? 어서 더 먹어."

하고는 치삼의 귀를 잡아 치며 취한 이는 부르짖었다. 그리고 술을 붓는 열다섯 살 됨직한 중대가리에게로 달려들며,

"이놈, 오라질 놈. 왜 술을 붓지 않어?"

라고 야단을 쳤다. 중대가리는 희희 웃고 치삼을 보며 문의하는 듯이 눈짓을 하였다. 주정꾼이 이 눈치를 알아보고 화를 버럭 내며,

"에미를 붙을 이 오라질 놈들 같으니. 이놈, 내가 돈이 없을 줄 알고."

하자마자 허리춤을 훔칫훔칫하더니 일 원짜리 한 장을 꺼내어 중대가리 앞에 펄쩍 집어던졌다. 그 사품에 몇 푼 은전이 잘그랑 하며 떨어진다.

"여보게, 돈 떨어졌네. 왜 돈을 막 끼얹나?"

이런 말을 하며 일변 돈을 줍는다. 김첨지는 취한 중에도 돈의 거처를 살피는 듯이 눈을 크게 떠서 땅을 내려다보다가 불시에 제 하는 짓이 너무 더럽다는 듯이 고개를 소스라치자 더욱 성을 내며,

"봐라, 봐. 이 더러운 놈들아. 내가 돈이 없나. 다리 뼉다구를 꺾어놓을 놈들 같으니."

하고 치삼의 주워 주는 돈을 받아,

"이 원수엣돈! 이 육시를 할 돈!"

하면서 풀매질을 친다. 벽에 맞아 떨어진 돈은 다시 술 끓이는 양푼에 떨어지며 정당한 매를 맞는다는 듯이 쨍 하고 울었다.

곱빼기 두 잔은 또 부어질 겨를도 없이 말려가고 말았다. 김첨지는 입술과 수염에 붙은 술을 빨아들이고 나서, 매우 만족한 듯이 그 솔잎 송이 수염을 쓰다듬으며,

"또 부어, 또 부어."

라고 외쳤다.

또 한 잔 먹고 나서, 김첨지는 치삼의 어깨를 치며 문득 껄껄 웃는다. 그 웃음소리가 어떻게 컸던지 술집에 있는 이의 눈은 모두 김첨지에게로 몰리었다. 웃는 이는 더욱 웃으며,

"여보게 치삼이, 내 우스운 이야기 하나 할까? 오늘 손을 태고 정거장에 가지 않았겠나."

"그래서?"

"갔다가 그저 오기가 안됐데 그려. 그래 전차 정류장에서 어름어름하며 손님 하나를 태울 궁리를 하지 않았나. 거기 마침 마나님이신지 여학생이신지(요새야 어디 논다니와 아가씨를 구별할 수가 있던가) 망토를 두르고 비를 맞고 서 있겠지. 슬근슬근 가까이 가서 인력거 타시랍시요 하고 손가방을 받으랴니까, 내 손을 탁 뿌리치고 홱 돌아서더니만 '왜 남을 이렇게 귀찮게 굴어!' 그 소리야말로 꾀꼬리 소리지, 허허."

김첨지는 교묘하게도 정말 꾀꼬리 같은 소리를 내었다. 모든 사람은 일시에 웃었다.

"빌어먹을 깍쟁이 같은 년, 누가 저를 어쩌나. '왜 남을 귀찮게 굴어!' 어이구 소리가 처신도 없지, 허허."

웃음소리들은 높아졌다. 그러나 그 웃음소리들이 사라도 지기 전에 김첨지는 훌쩍훌쩍 울기 시작하였다.

치삼은 어이없이 주정뱅이를 바라보며,

"금방 웃고 지랄을 하더니 우는 건 또 무슨 일인가?"

김첨지는 연해 코를 들이마시며,

"우리 마누라가 죽었다네."

"뭐, 마누라가 죽다니, 언제?"

"이놈아, 언제는. 오늘이지."

"엣기, 미친놈. 거짓말 말아."

"거짓말은 왜. 참말로 죽었어, 참말로… 마누라 시체를 집에 뻐들쳐 놓고 내가 술을 먹다니. 내가 죽일 놈이야, 죽일 놈이야."

하고 김첨지는 엉엉 소리를 내어 운다.

치삼은 흥이 조금 깨어지는 얼굴로,

"원, 이 사람이. 참말을 하나 거짓말을 하나. 그러면 집으로 가세, 가."

하고 우는 이의 팔을 잡아당기었다.

치삼의 끄는 손을 뿌리치더니, 김첨지는 눈물이 글썽글썽한 눈으로 싱그레 웃는다.

"죽기는 누가 죽어."

하고 득의가 양양.

“죽기는 왜 죽어. 생때같이 살아만 있단다. 그 오라질 년이 밥을 죽이지. 인제 나한테 속았다.”

하고 어린애 모양으로 손뼉을 치며 웃는다.

“이 사람이 정말 미쳤단 말인가? 나도 아주먼네가 앓는단 말은 들었는데.”

하고 치삼이도 어느 불안을 느끼는 듯이 김첨지에게 또 돌아가라고 권하였다.

“안 죽었어. 안 죽었대도 그래.”

김첨지는 화증을 내며 확신 있게 소리를 질렀으되, 그 소리엔 안 죽은 것을 믿으려고 애쓰는 가락이 있었다. 기어이 일 원 어치를 채워서 곱빼기 한 잔씩 더 먹고 나왔다. 궂은비는 의연히 추적추적 내린다.

김첨지는 취중에도 설렁탕을 사가지고 집에 다다랐다. 집이라 해도 물론 셋집이요, 또 집 전체를 세든 게 아니라 안과 뚝 떨어진 행랑방 한 간을 빌려 든 것인데, 물을 길어 대고 한 달에 일 원씩 내는 터이다. 만일 김첨지가 주기를 띠지 않았던들, 한 발을 대문에 들여놓았을 제 그곳을 지배하는 무시무시한 정적 — 폭풍우가 지나간 뒤의 바다 같은 정적에 다리가 떨렸으리라. 쿨룩거리는 기침 소리도 들을 수 없다. 그르렁거리는 숨소리조차 들을 수 없다. 다만 이 무덤 같은 침묵을 깨뜨리는 — 깨뜨린다느니보다 한층 더 침묵을 깊게 하고 불길하게 하는 빡빡 하는 그윽한 소리, 어린애의 젖 빠는 소리가 날 뿐이다. 만일 청각이 예민한

이 같으면 그 빡빡 소리는 빨 따름이요, 꿀떡꿀떡 하고 젖 넘어가는 소리가 없으니 빈 젖을 빤다는 것도 짐작할는지 모르리라.

혹은 김첨지도 이 불길한 침묵을 짐작했는지도 모른다. 그렇지 않으면 대문에 들어서자마자 전에 없이,

"이 난장 맞을 년, 남편이 들어오는데 나와 보지도 않아. 이 오라질 년."

이라고 고함을 친 게 수상하다. 이 고함이야말로 제 몸을 엄습해 오는 무시무시한 증을 쫓아 버리려는 허장성세인 까닭이다.

하여간 김첨지는 방문을 왈칵 열었다. 구역을 나게 하는 추기 — 떨어진 삿자리 밑에서 나온 먼지내, 빨지 않은 기저귀에서 나는 똥내와 오줌내, 가지각색 때가 켜켜이 앉은 옷내, 병인의 땀 썩은 내가 섞인 추기가 무딘 김첨지의 코를 찔렀다.

방안에 들어서며 설렁탕을 한구석에 놓을 사이도 없이 주정꾼은 목청을 있는 대로 다 내어 호통을 쳤다.

"이런 오라질 년, 주야장천 누워만 있으면 제일이야. 남편이 와도 일어나지를 못해."

라는 소리와 함께 발길로 누운 이의 다리를 몹시 찼다. 그러나 발길에 채이는 건 사람의 살이 아니고 나무등걸과 같은 느낌이 있었다. 이때에 빽빽 소리가 응아 소리로 변하였다. 개똥이가 물었던 젖을 빼어 놓고 운다. 운대도 온 얼굴을 찡그려 붙여서 운다는 표정을 할 뿐이다. 응아 소리도 입에서 나는 게 아니고, 마치 뱃속에서 나는 듯하였다. 울다가 울다가 목도 잠겼고 또 울 기

운조차 시진한 것 같다.

발로 차도 그 보람이 없는 걸 보자 남편은 아내의 머리맡으로 달려들어 그야말로 까치집 같은 환자의 머리를 꺼들어 흔들며,

"이년아, 말을 해, 말을! 입이 붙었어, 이 오라질 년!"

"……"

"으응, 이것 봐. 아무 말이 없네."

"……"

"이년아, 죽었단 말이냐? 왜 말이 없어."

"……"

"으응, 또 대답이 없네. 정말 죽었나 버이."

이러다가 누운 이의 흰 창을 덮은 위로 치뜬 눈을 알아보자마자,

"이 눈깔! 이 눈깔! 왜 나를 바라보지 못하고 천장만 보느냐, 응."

하는 말끝엔 목이 메었다. 그러자 산 사람의 눈에서 떨어진 닭의 똥 같은 눈물이 죽은 이의 뻣뻣한 얼굴을 어룽어룽 적시었다 문득 김첨지는 미친 듯이 제 얼굴을 죽은 이의 얼굴에 한데 비비대며 중얼거렸다.

"설렁탕을 사다 놓았는데 왜 먹지를 못하니, 왜 먹지를 못하니…. 괴상하게도 오늘은! 운수가 좋더니만…"

—《개벽》 1924. 6

안석영이 그린 현진건의 캐리커처(《조선일보》 1933. 2. 10).
독립운동가였던 형 현정건이 옥고를 치르고 세상을 뜬 1932년부터
서울 세검정에서 닭과 돼지를 키우던 시절의 모습이다.
《동아일보》 기자이자 소설가로 애주가였던 그는 찾아오는
문인들을 위해 짐승들을 잡아 술안주로 내놓곤 했다.

3부 추탕 집 머슴으로

추탕 집 머슴으로

이틀 동안의 더부살이

B기자

《별건곤》 기자가 추탕 집에 임시 취업해 쓴 르포르타주 기획기사.
이 글 속의 H추탕 집은 지금의 헌법재판소 근처에 있던 황추탕으로 추정됨.

여러분! 오일경조五日京兆[17]라고 깔보지 마십시오. 이틀 동안의 추탕鰍湯 집 머슴일망정 여러분의 공양소供養所인 그곳에서 관찰과 수확이 실로 많았소이다.

경제가 피폐해 가고 살림이 짜부라져 들어가는 반면에 거기에 따라서 부쩍 늘어가는 것이 경성 시내의 음식점이요, 음식점 중에도 '선술집'이 가장 많이 늘어난 것은 술잔이나 먹는 분이라면 다 아실 것입니다. 그래서 요새같이 노동자는 많고 일거리는 적어서 구직하기에 머리를 동이고 대드는 시절이지만, 제가 이틀 동안이나마 경성 안에서도 유명한 이 추탕 집 머슴 되기에 무난

17 '닷새 동안의 경조윤京兆尹'이라는 뜻으로, 오래 계속되지 못한 관직이나 일을 가리킴.

히 성공한 것도 말하자면 그 덕분입니다.

제가 본사 C기자의 소개로 이 경성 안에서도 이름 높은 화동 H추탕 집으로 더부살이가 되어오기는 바로 때 좋은 추팔월 그믐께 서늘 바람 나고 더위 물러간 바로 끝이요, 여름내 휴업했다가 이 가을철에 접어들어오자 다시 개업한 바로 첫날이었습니다.

오래 휴업한 끝이요 처음 개업한 첫머리이니 무슨 시세가 그렇게 있으랴 하였건만, 상상과는 아주 딴판이었습니다. 시골 같으면 산이나 들에서 철이 오고 가는 것을 얼른 알 수 있지만, 서울같이 복잡한 곳에서야 철이 오고 가는 것을 얼른 알기는 좀 어렵지 않습니까. 문밖 행상들의 지게나 바구니에 새 푸성귀가 운반되어야 봄 온 줄을 확실히 알게 되고, 밤, 대추, 감, 포도가 가겟머리에 늘어 놓여야 가을 온 줄을 자세히 알게 되지만, 예전에도 지사志士 소객騷客[18]이 순채蓴菜[19]와 농어鱸魚를 생각하고 송국松菊[20]과 시상柴桑[21]을 생각하여 자기 고향의 가을을 회억하며 돌아가기를 빨리하는 셈으로 술잔에 취미를 가지신 이는 가을 오면 아마 이 추탕(미꾸리탕)을 퍽이나 그리워하는 모양 같습니다.

신문광고를 낸 것도 아니요, 포스터를 건 것도 아니요, 삐라를 뿌린 것도 아니요, 아무 소문 없이 그저 슬그머니 개업을 한

---

18 시인과 문사.

19 수련과의 여러해살이 수초. 어린잎은 식용한다.

20 소나무와 국화. 여기서는 '은둔자의 주거'를 뜻함.

21 전원생활을 노래한 중국 시인 도연명의 고향.

모양인데, 구름이 모이듯 모여드는 손님이야말로 처음 온 머슴에게는 눈이 휘둘릴 만큼 복잡했습니다.

제가 그곳에 가기는 아침 열시 반쯤이었는데 그때는 아침결이라 그러한지 손님이 아주 한산하여 세 시간 동안 두고 세어본 것이 예순여덟 명이었습니다. 처음 날이라 물론 그러려니 했던 것이 웬걸요 정오가 조금 지나자 분주하게 모여드는 품이 한 시간에도 넉넉히 그 수효가 되었고, 저녁때 석양판쯤 되니까는 어떻게 들이미시는지 작년보다 한 칸이나 더 늘렸다는 부엌이 터져라 할 지경이었습니다. 하여간 광고도 아니하고 개업한 첫날부터 이렇게 대흥왕大興旺인 것은 참말 놀랐습니다.

그리고 아침부터 밤까지 두고 보니까 각 방면 각가지 인사가 번갈아 들어오시지 않겠어요. 수염이 석 자 세 치라도 먹어야 양반이라더니 전에는 이런 곳에 좀체 들르지도 아니하실 듯한 신사가 삼척장발을 늘이고 말쑥한 양복으로 혼자 오시기도 하고 둘을 데리고 오시고, 학교 선생님도 동저고리 바람으로 오셨다가 두루마기를 입고 오셨다 하루 동안에 두 번씩 세 번씩 들르시는 분이 계시니, 지나가다 버릿짐을 밖에 벗어던지고 들어와서 한두 잔쯤 하는 것이야 먹는 그분들보다도 먹는 그 모양을 보는 제가 도리어 흥미 있어 보이고 정취가 그럴 듯했습니다. 더구나 저녁때쯤 되어 해가 뉘엿뉘엿 넘어가게 될 때 각기 일터로부터 일을 마치고 도시락과 책보를 싸가지고 집으로 돌아오면서 턱 들어와서 신사, 직공, 청년, 노인, 상하귀천의 구별을 찾을 것 없이 한부

억에서 젓가락을 들고 이리저리 돌아다니며 먹고, 마시고, 웃고, 이야기하고 하는 데는 정말 적쇠 위에 놓인 고기가 다 타도 모르고 있다가 손님에게 허물없는 꾸중을 듣는 추탕 집 머슴의 행색이 또한 무리는 아닐 것 같았습니다. 어쩐지 이곳의 그때 기분이라는 아무 쟁투爭鬪도 없고 아무 간격도 없이 다 자유로이 평등으로 평화스러운 속에서 가난한 우리들의 즐거움을 누리는 환락가 같이만 보였으나, 돌아갈 때 처자의 주린 얼굴과 걱정의 빛을 대하면 지금까지 도도하던 취흥이 사라지는 분이 많지나 않을까 생각하면 말 못하게 제가 도리어 미안해지고 안타까이 생각나더이다. 되지 못한 추탕 집 머슴놈의 건방진 소리라고 너무 책망하지는 마십시오.

저희들 역시 그렇게 팔자 좋은 놈은 아닙니다. 여러 손님을 맞고 보내고 맞으며 대접하기에 얼마만한 고심이 드는지 아십니까. 원래 직업적 노동이란 목구멍을 위하여 하는 것이니까 별수가 없지만, 제일 첫째 그 미꾸리란 놈들에게 못할 일을 하는 것이란 차마 사람으로는 못할 일입디다. 예전 양반이야 짐승 죽는 소리도 차마 듣지 못하고 그 고기를 차마 못 먹는다고 해서 우양牛羊을 잡는 푸줏간도 멀리하고 그런 것을 잡는 직업자를 백정 놈이라고 천대가 막심했지만, 이런 꼴을 보신다면 그 이상 천대를 하시겠지요. 지금까지 물통 속에서 펄펄 뛰놀던 수천 수백 마리의 미꾸리 목숨을 잡아다가 장작불에 실컷 끓은 장국 물에 집어넣는 참혹한 짓이란 더 참말 못하겠습디다. 그러나 놀라지 마세요. 이 세상에는 그 이상으로 악독 더 참혹하게 사람의 살, 피, 기름 갉아먹고 빨아먹는 인종이 얼마든지 있으니까요. 요만한 짓이야 직업적으로 어쩔 수 없는 노릇인가 했습니다.

속담에 '보고 못 먹는 것은 그림 속의 떡'이라 하지만 저로 보면 추탕 집의 음식물입니다. 아침 다섯 시부터 저녁 열한 시, 열두 시까지 제 손으로 뜨고 집는 국과 고기와 과일과 술이 얼마인지 모르지만, 그것이 하나나 제 입으로 들어오는 때를 혹 보셨습니까. 눈으로도 풍년, 코로는 더 풍년이지만, 입만은 참말 병자년, 무자년, 신축년 이상의 흉년입니다. 잠깐 지나치시는 분은 냄새가 구수해서 회가 동한다고 하시지만, 숯불 위에 고기기름이 훅훅 하고 탈 때는 손이 홧홧하고 연기가 눈을 찌를 때 참말 쓰린 눈물이 저절로 나오곤 합디다. 모처럼 안주를 구워서 내놓고,

"제육 다 되었습니다. 너복이 다 익었습니다."

하면,

"이건 뭐여, 다 탔구만, 아직 덜 익었구만, 이건 누가 바꾸어 갔어?"

하고 책망이 빗발치듯 하지요. 그것도 경험 있어야 하지 숫내기인 저로는 정말 단서를 차리기가 여간 어렵지 않았습니다. 저도 임시 특명 소사小使였으니까 그렇지 만일 참으로 여기 오래 있게 된다면 주인의 비위를 맞춰야 되지요, 손님의 환심을 사야 하지요, 여간 해가지고 할 직업 같지를 아니했습니다.

세상에 나태하고서 무엇이 되겠습니까마는 추탕 집 머슴이

야말로 눈동자가 휘휘 돌아야만 됩니다. 저녁 늦게면 추탕을 작은 솥에 비우고 내일 아침 해장거리의 뼈다귀 국과 내일 점도록 대접할 안줏감을 준비해야 되고, 아침 일찍이면 장도 봐야 하고 추탕도 끓여야 되고, 손님이 들기 시작하면 갖은 심부름은 물론 미꾸리, 푸성귀 장사도 수용해야 되고 나무도 받아들이고 양조소에서 오는 술도 받아들여야 되지요. 가다가는 술도 쳐야 합니다. 게다가 주의 않는 손님들의 여기저기 어질러놓은 부엌 바닥도 가끔 가끔 소제해야 되지만, 한참 손님이 분주하게 들고날 때 안주 수효 챙기기란 정말 수학가 중에도 가장 두뇌 밝고 기억력 좋은 수학가가 아니고는 반드시 주인에게 해를 아니 끼치면 손님에게 해를 끼치게 되고, 잘못 계산했다가는 엣득빗득한 손님에게 따귀 대접을 받아도 큰소리 한마디 못할 신세입니다. 저는 임시 고용인 까닭으로 그런 임무까지는 맡아보지 못했지만, 멋모르는 분들이,

"이게 내가 논 것인데요."

하고 나를 노려보는 통에,

"아니올시다. 저는 이 집에 있는 사람이올시다"

대답은 해놓았으나 어쩐지 어색해서 얼굴이 저절로 붉어지고, 아는 분이 들어올 때에는 누더기 양복, 된셔츠 바람이 부끄러워서 안으로 피신도 해보았지만 할 수 없이 막다른 때에는 그 모양으로 손님인 척해버리기도 했습니다. 더구나 집이 C신문사 바로 문앞에 있었기 때문에 저녁때 퇴근 시간쯤 되어서는 아는 기

자들의 눈을 피하느라고 얼굴을 돌이키기에 꽤 수고가 되었으나, 여기에 단골로 다니시는 어느 중학교 선생님 한 분을 만나고, 본사 C기자 이외 일동의 구경적 습격을 당하고, C신문사 L기자가 본사 P기자하고 같이 내방한 것을 만난 이외에는 다행히 들키지 아니하였습니다. 그러나 물론 이런 체험을 얻으려고 온 줄은 본사 기자 이외에는 아신 이가 없었을 것입니다.

하여튼 예전 같으면 점잖은 처지에 그런 곳이 무엇이냐고 잔뜩 거드름을 빼고 앉았을 중류 이상의 계급 인사들까지 스스럼없이 멋대로 여기에 들어와서, 전 같으면 눈 아래로 내려다볼 하류계급의 친구들과 같이 섞여가지고 웃고 먹고 하는 것은, 가난한 살림이 그만큼 시대사상을 평민화시켰는지는 모르지만, 여기에서도 궁글어 나가는 시대상을 엿볼 수가 있고 십인십색의 심리와 흉금을 더듬어볼 수가 있는 것이 무엇보다도 기뻤습니다.

아까 말한 단골손님 익살쟁이 중학교 선생님의 이 자리에서 하신 설명.

"조선의 설렁탕과 선술집은 세계적으로 명물 될 만하다. 아주 민중적이요, 민중의 일 바쁜 표시를 보는 현상이 좋다."

과연 동감 동감입니다.

여기 오신 뭇 손님들의 만나서 하는 인사말씀.

"아이고 뵌 지 오래올시다. 이 추탕 집이 개업하게 되니까 못 만나 뵈던 얼굴들도 이렇게 만나 뵙게 되는구려."

"에! 좋다. 도무지 추탕은 여기가 제일이야. 다른 데서 하는 것은 암만해도 못 먹겠어. 어떻게 이 추탕 집이 개업하기를 손가락 꼽아 기다렸는지 몰라."

지나가는 한 마디 두 마디 말씀에서도 추탕 집 머슴의 신세라 그런지, 어느 몇 사람이 전유물로 알고 기생 불러 노래하고 하룻밤에 몇 십 원, 몇 백 원어치 요리를 파는 모관 모원에 있는 것보다는 제 신세도 자유롭고 즐거운 듯했습니다.

—《별건곤》1927. 10

냉면 배달부로 변장한 기자

비밀 가정 탐방기

야광생

1936년 7월 23일자 《매일신보》는 '여름철 점심시간이면 냉면 집 전화통에서 불이 날 지경'이었다고 쓰고 있다. 1920년대 들어서야 서울에 냉면 집이 자리잡기 시작한 것을 생각하면 채 십 여년 만에 얼마나 외식문화가 바뀌었는지를 짐작할 수 있다. 오늘의 총알 배송을 연상케 하는 배달 음식의 주품목은 냉면, 설렁탕, 만두 등이었다.

한참 분산하게 양복을 벗어 버트리고 방구석에서 굴러다니는 군때 묻은 조선 바지저고리를(책보에 싸가지고 온) 바꾸어 입었다. 배달부의 장갑을 빌려 끼고 방한모를 푹 눌러 귀까지 덮어썼다. 그리고 자전거 전등을 한 손가락에 꿰여 들었다. '이만하면 되겠지!' 하고 조그마한 거울 앞에 서서 내가 내 꼴을 바라보니 아닌게아니라 능청맞다. 내가 낸 줄 모르리만치 변장이 되었다면 과장일지는 모르나, 사실 나 아는 남이 나의 정체를 알아낼 수 없을 만큼 된 것은 사실일 것이다.

"자— 어떻소."

하고 미닫이문을 밀치고 뛰어나오니 냉면 집 주인, 배달부 할 것 없이 박장대소다.

"됐는데요, 됐어… 그런데 어쩌자고 이 야단이신지 알 수 없군요."

주인양반은 무슨 일이나 나지 않았나 해서 아까부터 하는 걱정이다.

"아— 글쎄, 염려 마시라는데 왜 이러십니까."

나는 됩데 귀찮은 듯이 주인의 말을 가로막아 버렸다. 그리고 다시,

"요 다음 차례를 날 주십시오."

하고는 담배 한 개를 피워 물었다. 어느 틈에 시계가 열한 시를 가리킨다. 전화가 떼르—릉 하고 울린다.

"네— 네, 그렇습니다. 관철동 24×번지 냉면 두 그릇이오. 네네."

전화 받는 주인의 분부가 나리기도 전에 나는 벌떡 일어났다. 국수 누르는 동안에 배달부 한 사람에게 관철동 지리를 물어 두었다. 자전거 등불을 밝히었다. 냉면 그릇에 붉은 고깔을 씌워 두 그릇, 장국 한 주전자, 소독저 두 개, 김치 한 그릇을 실은 목판을 어깨 위에 올려놓으니 웬일인지 묵직한 것 같다. 그뿐 아니라 거북해 못 견디겠다.

"자— 이렇게 올려놓으시고, 이 손을랑 한 귀퉁이를 잡으서요."

배달부 친구가 걱정이 되는지 그의 기술을 공개해 준다. 그의 가르치는 대로 고개를 갸우뚱 구부리고 한손으로 목판 한 귀퉁이를 든든히 쥐고 보니, 다소 중심이 취해지는 것 같고 가다가

뒤집어엎을 것 같지는 않다. 신바람이 나게 자전거 종을 미리 한 번 울리고 나서 자전거에 걸어앉는데 주인이 나서서,

"조심하십시오. 땅이 미끄러운데 큰일 나시리다."

하고 경고한다.

"염려 맙쇼."

한마디를 남기고 골목을 나섰다. 전차 길거리를 나서니 길이 넓고 훠—ㄴ한 바람에 익숙지 못한 운전 솜씨나마 속력 놓기에 매우 편하다. 종로 네거리를 조심조심 건너 종각 뒤로 꼬부라들었다. 카페에서 흘러나오는 레코드 소리를 듣는 둥 마는 둥 다시 꼬부라져 평양루 냉면 집 좁은 골목을 속력을 낮추어 들어서는데 쓰러질 듯 말 듯 개천을 피하느라고 어리둥하다가 앞에 선 전주電柱에 코끝이 닿을 지경이 되었다.

위기일발! 핸들을 얼른 다른 쪽으로 돌렸으나 벌써 늦었다. 목판 한 귀퉁이가 전주와 덜컥 부딪치며 냉면 그릇이 뒤로 미끄러졌다. '아차차' 소리를 치며 자전거를 멈추고 목판을 내려놓고 보니 천만다행으로 냉면 그릇은 까딱없고 김치 그릇이 뒤엎어졌고 장국 국물이 삼분의 일은 엎질러져 버렸다. 엎어진 화롯불을 두 손으로 주워 담듯이 엉겁결에 장갑 낀 손으로 김치를 주워 담고 생각하니 장차 먹을 사람에게 여간 미안한 게 아니다. 그러나 이미 저질러 놓은 일, 할 수 없는지라 그대로 그릇을 정돈하여 가지고 24×번지를 찾았다. 자전거 등을 높이 들어 문패를 보니 옳게는 찾았다. 큼직한 대문에 전화번호까지 붙은 것을 보아 돈냥

《조선일보》 1934년 4월5일자에 실린
안석영의 세태 만평 〈음식 배달부와 귀부인〉.
허영심과 물질주의를 풍자하는 데 주안점이 있지만,
당시에 음식 배달이 성행하였음을 보여준다.
음식 그릇이 가득한 큰 쟁반을 들고
한 손으로 곡예하듯 자전거를 모는 모습이
나혜석의 드로잉 〈전동식당에서〉와 비슷하다.

이나 있는 집 같다. 중문을 삐걱 열고 안마당으로 들어서면서,

"냉면 가져왔습니다."

하고 소리를 치니, 안방문 미닫이문이 열리며 여자의 목소리가

"이리 가져오."

한다. 툇마루 가까이 가서 목판을 내려놓았다. 주인마님인 듯한 그 여자는 방 윗목에 미리 준비하여 두었던 소반을 끌어당겨다 놓고 손수 냉면 그릇을 주섬주섬 집어다 놓는다. 기자는 슬금슬금 방 속을 기웃거렸다. 칸살이 넓은 두 칸 장방에 비단 방장房帳이 쫙 둘러쳐 있다. 자개 박은 조선장欌이 두 개, 그 옆으로 키 큰 양복장이 한 개, 그 외에도 너저분하게 치장해 놓은 것이 많다.

"다른 그릇에다 쏟구 그릇을 내주구려."

주인인 듯한 40먹은 남자가 30되어 보이는 그 여자에게 이르니까, 그 여자는,

"딴 그릇에 옮기면 맛이 없어요."

한다. 그러더니 주전자의 장국을 따르다 말고,

"아—니, 국물이 요고뿐이야. 이걸 가지고 어떻게 먹으란 말이야."

하고 탁 쏜다.

"겨울에는 손님들이 국물을 많이 안 치니깝쇼."

"아—니, 그건 무슨 소리야. 별놈의 냉면 집도 다 봤네. 그럼 더 치운 겨울에는 국물 없이 비벼 먹고 말겠네… 우리 집에서 냉면을 처음 먹어보는 줄 아나봐, 참!"

여자는 미닫이를 탁 닫으며 '참 멍텅구리' 한다. 국물 엎지른 잘못은 내게 있지만 어쩐지 아니꼽살스럽다. 툇마루 끝에서 30분을 걸터앉았노라니 춥기란 말할 수 없다. 볼기짝에 찬 기운이 올라와서 공연히 일어섰다 앉았다 하기를 네다섯 번은 하였다. 좋은 재료 거리나 있지 않을까 하고 두리번두리번 하여 보았으나 원체가 시원치 못하다. 이윽고 미닫이가 열리면서,

"거기 서 있지 말구 그대루 가우. 내일 아침 그릇 찾어갈 때 돈 받아 가구…"

하고 문이 탁 닫치어진다. '이런 망할 놈의 집구석 봤나. 30분이나 이 치운 데서 떨게 하고는…' 하고 말이 입 밖으로 툭 터질 듯 말 듯하는 것을 참고 '아니다, 남의 영업방해다' 하는 생각에 목판만 들고 그 집을 나와 자전거에 속력을 주어 냉면 집 본영으로 돌아왔다. 종소리를 한 번 울리고 돌아오는 기자를 보고 주인은 꽤 걱정이 되었던지,

"어째 늦었습니까? 꼭 무슨 일이 난 줄 알았지요."

한다. 기자는 희떱게,

"웬걸요! 30분씩 기다리느라고 그랬지요."

하고 봉변당한 이야기를 하였다. 주인은 웃으면서 대칭송!

"그런 일은 흔히 있습니다. 참 용하게 배달하셨습니다."

둘째 번 배달이다. 재동 ×번지. 먼저보다도 먼 거리다. 만두 두 그릇, 떡국 하나, 냉면 하나를 메고 차디찬 북풍을 거슬러 재동 골목을 올라갔다. ××학교 맞은쪽 골목을 들어서 새로 지은 기

와집이다. 기름칠한 대문을 삐걱 열고 중문을 들어섰다. 냉면 집에서 오는 줄을 어느 틈에 알았는지 뜰 아랫 방문이 왈칵 열린다. 먼저 눈에 띄는 것이 툇마루 끝에 흐트러진 서너 켤레의 남자 구두다. '어떤 새서방님네들인구' 하고 목판을 툇마루에 걸치고 방안을 들여다보니 아차차 큰일 났다. 면분 있는 사람들이 걸리고 말았다. 변장 기자의 정체가 기어코 드러나고 마는구나 하고 가슴이 조이고 조여드는 판인데, 천만뜻밖에 이분들은 기자의 정체를 못 알아보는 모양이다. '이러다가도 알 수 없지!' 하고 어두침침한 쪽에서 또 한 번 똑똑히 보니 틀림없이 그분들은 제××사의 OOO 씨, ×××사에 계신 분(이름은 잘 모른다), 국세 조사과에 다니시는 OOO 양이다. 방의 차람차람으로 보아 이 방의 주인은 동그레한 어여쁜 얼굴을 가진 OOO 양이 틀림없다. 그릇 나는 것을 가져간답시고 기다리고 섰는데, 따듯한 방안에서는 씩둑꺽둑 난센스 좌담에 꽃이 피었다. 무슨 소리들일까? 다음 배달이 급하니 섭섭하나 들은 이야기는 고만두자. 남자 한 분이 던져주는 1원짜리 지폐에 40전을 거슬러 주고 급급히 본영으로 돌아오니 주인, 배달부 들이 주는 칭송이 또 한층 높다.

셋째 번 배달이다. 반동강도 다 못 탄 담배를 팽개치고 만두 두 그릇을 메었다. 청진동 큰길을 올라가다가 이인李仁 변호사 사무소 골목을 꿰뚫으면 또 한 골목이 나온다. 다시 천변川邊께로 빠지는 몇 개의 좁은 골목을 자전거를 이끈 채 더듬다가 간신히 그 집을 찾았다. 청진동 25×번지. 좌우의 납작한 집에 비하여 한

결 우뚝한 새 집이다. 문 앞에는 양복쟁이 신사 두 분이 지켜 서서 유심히 기자를 노려보고 섰다. '웬 꼴짜들이야.' 나는 혼자 속으로 이렇게 중얼거리며 대문 중문을 거쳐 안마당으로 들어섰다. 안처는 더 한층 우뚝한 집이다. 요새 갓 지은 집이라 대청마루에 유리창을 해단 것이며 안방 툇마루 쪽으로 찬간饌間을 벌여 놓은 것이 제법 부릴 솜씨를 다 부린 듯하다.

"만두 시키셨습니까?"

하고 소리를 치니, 안방에서 늙은 마나님이 한 분,

"네ㅡ"

하고 나온다. 뒤이어 그 안방에서 젊은 여성의 목소리가 나온다.

"할멈, 아랫방으로 들여다 놓게."

할멈은 급급히 고무신짝을 끄는 둥 마는 둥 아랫방 쪽으로 쫓아간다.

"자ㅡ 여기 내려노우. 돈은 내일 아침에 가져가우."

"그럽쇼."

나는 툇마루에 그릇을 내려놓고 빈 목판만 들고 나오는데, 막 대문 밖을 나서자마자 할멈은 대문을 걸어 잠근다. 문간에는 양복쟁이들이 여전히 서 있다. 자전거를 이끌고 골목을 나서려 할 때 나는 무심코 그 수상한 양복쟁이들을 돌아다보았다. 그때 내 눈에 비치는 괴상한 광경이여! 그 두 놈의 양복쟁이는 그 집 앞 쓰레기통을 딛고 전주에 의지하여 담을 뛰어넘고 있었다. 한 놈은 벌써 담 위에 올라서서 다른 한 놈의 손을 잡아 끌어올리고 하더니 어느 틈에 그 담을 뛰어넘어 그림자가 사라진 것이다. 알 수 없게 나의 가슴은 한없이 두근거린다. 나는 나도 모르게 그 집 문 앞을 다시 가까이 갔다. 전등불을 쳐들고 문패를 또 한 번 살펴보니, 문패의 이름은 조선에서 드문 성性이요 가운뎃자가 계啓자다. ×계×! 듣던 이름도 같은 여자의 이름이다. 나는 문득 생각키웠다. '맞았다. 부×의원 ×××의 첩이로구나.' 20분이 될락말락하여 나는 문을 흔들었다. 안에서는 아무 말이 없다. 더 한 번 힘껏 흔들었다. 그제야 고무신 끄는 소리가 나며 대문을 여는데, 바로 그 집 할멈이다. 눈이 휘둥그레해 가지고 가쁜 숨을 쉬며 한참 나를 쳐다보더니,

"아—이 참, 망할 것! 말 한마디도 없이 그렇게 문을 뒤흔들면 어쩌자는 게야."

한다.

"왜 그러서요. 난 그릇 찾으러 왔는데."

"주인 나—리가 오시는 줄 알았지."

"주인 나—리 온다고 그렇게 놀랠 거야 무엇 있어요, 할머니."

그제야 할멈은 안심이 되었는지 그리고 말밑천이라도 건지려고 했던지 빙그레 웃더니 능청맞게 소군소군한다.

"왜 알지! 다른 손님이 와 있단 말이야."

"네! 담 뛰어넘은 손님이지요? 재미 좋군요."

"쉬— 암말도 말어. 내 곧 그릇을 내다줄게."

할멈은 중문을 걸고 들어가더니 그릇을 포개 들고 다시 문을 열고 나온다.

"자— 30전하고 요것은 담배 값으로."

나의 손바닥에는 30전 이외에 일금 10전짜리 한 푼이 더하다.

"고맙습니다."

소리가 채 끝나기도 전에 대문은 덜컥 잠기었다. 40전을 조끼 봉창 속에 넣고 우물쭈물하다가 아랫방들 창 쪽으로 귀를 기울여 보았다. 아무 말도 없다. 그러다가 조금 있더니 여자의 목소리가 처음 터져 나온다.

"참 못할 일이로구면! 마음이 조여 견딜 수가 있어야지."

"배달부 놈의 자식이— 걱정 있나. 우리는 두 사람인데 여차직하면—"

낮고도 굵은 남성의 목소리이다. '여차직하면' 하고 말을 끊는 것을 보면 그 다음에 시원치 않은 주먹을 걷어부치고 여자에게 내보였을지 모른다. 좀 더 기다려볼까 하다가 배달 시간이 바빠서 고만두었다.

"멀쩡한 도적년놈들!"

한 마디 욕설을 남기고 본영으로 돌아오니 벌써 시간은 열두 시 사십 분이나 되었다. '다음 배달만 더해 보리라' 하고 마루 끝에 걸터앉아 담배 한 대를 피워 물었다. 넷째 번 배달이다. 서대문정 1정목 19××번지의 ×호, 대단히 까다로운 번지다. 전찻길에서 방송국 쪽으로 가다가 제일고등여학교 뒷골목으로 들어서

몇째 안되는 집이다. 등불로 이 집 저 집 문패를 살피다가 판장한 집 문으로 들어섰다. 납작한 일본식 집이나 조선 사람이 사는 모양이다. ××××회사 사택이나 아닌지? 좁은 마당 복판에 서서,

"떡국 가져 왔습니다."

하니까 잠잠하더니 아랫방(?)에서 여자의 목소리가 급한 듯이 나온다.

"잠깐만 기다려요."

그 목소리가 웬일인지 나의 귀에는 이상하게 들리었다. 나는 본능적으로 머리끝이 쭈뼛해지고 가슴이 두방망이질하였다. 그러자 2, 3분이나 되었을까 방안에서 소군소군하더니 방문이 열리며 속옷 입은 채로 머리를 풀어 흩트린 십팔구 세의 여자가 나온다. 나는 그때 방안의 모든 정경을 눈 빨리 엿보았다. 아랫목 쪽으로 이불을 쓰고 누운 사람이 있다. 확실히 남자인 것만은 알 수 있었다. 벽에 걸린 치마 그리고 교복 양복으로 보아 이 여자가 ××여학교 생도인 것이 분명하다. 나는 질투 아닌 질투의 불길을 일으키며 부질없이 그 여자에 대한 모든 것을 알고 싶었다. 남의 집 아랫방에 세 들어 자취하고 있는 흔적이 보이지 않는가. 그러면 그 남자는 애인일까? 애인의 사이라고도 볼 수는 있겠지만 기자의 소위 제육감第六感이 용허하지를 않는다. 그러면 무엇이냐? 당자에게는 미안할지 모르나 '학생 밀매음'이라 부를 수밖에 없다. 그 여자(과히 밉지 않은 갸름한 얼굴이다)는 툇마루에 얹어놓은 소반을 방으로 들여가더니, 조금 있다가 일금 30전을 내어준다.

"그릇은 내일 아침에 가져가서요."

"그럽쇼."

나는 그 여자의 얼굴을 다시 한 번 힐끗 보고서 그 집을 나왔다. 그 여자는 뒤따라 나오며 판자문(일본식 문)을 고리 걸고 들어간다. 나는 자전거를 몰아 본영으로 돌아오며 이것저것 오늘 밤 일을 생각해 보았다. 일찍이 체험하지 못한 것을 해본 것이 통쾌는 하나, 끝끝내 마음에 걸리는 것이 그 여학생이다.

"그 어린 학생은 어째서 그렇게 되었을까?"

하고 생각하니 생각할수록 가슴이 아프다. 냉면 집 본영에 돌아오는 길로 배달부에게 물었다.

"네, 네, 그 집 말씀이지요! 밀가루예요. 매일 저녁 남자들이 안 꾀이는 날이 없지요."

배달부들은 이구동성으로 이같이 말한다. 나는 양복을 갈아입고 옷 보따리를 끼고 냉면 집 주인과 배달부 제군에게 깊이 사례하고 그 집을 나왔다. 큰길 거리는 벌써 쓸쓸하다. 유흥객들을 실은 80전 택시가 세가 나도록 달리고 있다. '차나 한 잔 먹고 갈까' 하고 길가 카페를 바라보니 벌써 문을 닫았다. 그래도 안에서는 손님들로 북적북적하는 모양이다. '벌써 두 시가 지났나?' 하고 걸음을 빨리하여 견지동 큰길을 안국동 쪽으로 향하는데 찬바람은 훅훅 끼치고 모가지와 왼팔이 뻐근한 것을 그제야 깨닫게 되었다.

—《별건곤》 1932. 2

조선 요리점의 시조 명월관

근 십년 전 조선 내에서 요리라 하는 이름을 알지 못하던 때, 소위 별별 약주가藥酒家 외에 전골 집, 냉면 집, 장국밥 집, 설렁탕 집, 비빔밥 집, 강정 집[22], 숙수 집[23] 등속만 있어, 먼지가 수북한 망가진 식탁 위에 전라도 대죽을 잘게 자른 긴 젓가락, 세척하지 아니하여 자연 흑칠이 된 아현阿峴[24] 놋쇠 숟가락, 순舜 임금 때도 모양이 찌그러져 사용할 수 없던 길고, 크고, 둥글고, 모나고, 깊고, 얕고, 흑색, 갈색, 천태만상의 질그릇에, 먹기 어려운

22 쌀가루나 깨, 콩 따위로 만든 과자를 파는 집.

23 숙수熟手는 요리사, 셰프와 비슷한 뜻이며, 숙수 집은 왕실 내에서 요리를 담당하던 숙수들이 운영한 음식점으로 추정된다. 궁중요리가 요릿집 음식으로 변모하는 과정을 보여준다.

24 서울 아현동. 조선시대부터 놋쇠 장수가 유명했음.

고기, 생선, 채소, 과일 등을 신사, 노동자, 노소남녀가 한 식탁에 늘어서거나 혹은 섞여 앉아서 먹고, 마시고, 먹고, 게워내고 할 때에, 한 신식 파천황적 청결하고 완전한 요리점이 황토현黃土峴[25]에 탄생하니, 즉 조선 요리점의 비조 명월관이 이것이다.

경성은 조선의 서울로 내외인의 교제가 빈번하니 큰 사업을 논할 술자리와 오락을 즐길 곳이 일시라도 없으면 안되던 중, 이즈음 선견지명이 있는 명월관주 안순환 씨가 당시 2천 원의 자본으로써 신식 요리점을 창설하였으니, 저간에 예사롭지 않은 풍상과 고통을 거쳤음은 일필로 쓰기 어렵거니와, 이는 순연한 영리적도 아니요 일시의 오락적도 아니라, 다만 조선에 요리점이 있다 함을 동서인東西人에게 자랑스레 보이고자 함인데, 이후 점차 발전하고 활약 전진하여 천 삼사백 명의 초대회와 환영회는 명월관이 아니면 능히 거행치 못하니, 명성이 내외에 분분하여 조선에 오는 구미인歐美人과 동양인은 명월관을 보지 않으면 조선을 유람한 가치가 떨어진다 함에 이른지라.

올 여름에 불행히 도로 확장으로 인하여 일부 훼철을 입었으나, 지금 더욱 확장하여 신라식, 조선식, 서양식 건물이 굉활하고 설비가 완전하여, 대소연회에 빠르게 대응하고, 주의정확하며, 저렴한 좋은 음식에 손님에게 정성을 다하고 극력으로 주선하며, 춤과 노래 솜씨 뛰어난 선녀들이 있어 귀빈 신사의 심신을

25 황토현은 서울 광화문 네거리 부근을 가리키는 지명이었으며, 명월관이 처음 문을 연 곳은 지금의 동아일보사 자리였다.

즐겁게 하고 흥을 야기케 함은 이곳의 특색이라. 그러나 오히려 부족하여 내년 봄부터는 십삼만 원의 자금을 투자하여 더욱 확장하되, 각처에 지점도 낸다 하더라.

—《매일신보》 1912. 12. 18

명월관과 식도원의 요리 전쟁

〈만목(萬目) 주시하는 삼대쟁패전〉이란 글의 일부. 명월관과 식도원의 요리전과 함께 라이벌인 동일은행과 해동은행의 금융전, 조선극장과 단성사의 흥행전을 다루고 있다.

서울 창덕궁 궁궐의 큰길을 끼고 한참 내려오면 서양식 이층에 조선식을 합해 지은 커다란 집 한 채가 있으니 이것이 명월관明月館이요, 또 남대문통 일정목의 전차 길에서 바로 들여다보이는 곳에 금색 찬연하게 간판을 높이 붙인 커다란 반서양식 집 한 채가 있으니 이것이 식도원食道園이라. 명월관과 식도원은 반도에서 서로 손꼽는 큰 요리점들이다.

요리점이라 하면 이밖에도 국일관도 있고, 송죽원도 있고, 또 태서관도 있지마는, 역사가 무척 긴 점과 투자한 자본이 많았던 점과 요리를 잘 만드는 점에서 서울서는 명월관과 식도원을 그중 낫게 친다. 이제 이 두 요리점 진영을 해부하여 보리라.

명월관: 자본은 30만 원, 1년 매상 20만 원

명월관은 30만 원이나 들여서 경영하고 있는 개인의 영업기관인데, 음식점 영업에 30여만 원을 던졌다면 놀랄 일이라 아니할 수 없다.

현재 본점이 들어 앉아 있는 토지의 평수가 1,200여 평으로 땅값을 한 평에 백 원씩 치면 그것만 12만 원이요, 만일 50원씩 치더라도 6만 원에 달하며, 양식과 조선식으로 지은 건물 총평수가 6백여 평에 달하는 터이니 어지간히 큰 집인 것을 알 수 있겠다.

이밖에 음식 만드는 기구와 손님방에 갖추어놓은 비단방석과 수놓은 병풍과 장고, 가야금, 거문고, 젓재, 피리 등속까지 모두 치면 30만 원이란 말도 괴이한 말이 아닐 것이다.

이렇게 커다랗게 벌이고 앉은 이 요리점에서는 그러면 얼마나 되는 영업을 하고 있는가. 즉 얼마나 음식을 팔고 있는가.

최근에 조사한 바에 의하면 음식점 영업이란 세월이 좋은 때와 그른 때가 있어서 똑같지 아니하나, 평균 일 년에 20만 원, 한 달 잡고 1만 5,6천 원, 하루 잡고 5백 원씩은 팔린다고 한다.(이것은 무교정 부근에 있는 지점 것까지 합한 계산인데, 지점 건물은 자기 소유가 아니라 매월 5백 원씩 주고 얻은 셋집이다.)

그리고 명월관 본 지점을 합하여 사용하고 있는 사람 수가 얼마나 되느냐 하면 120여 명을 헤인다. 물론 이 속에는 손님을

식민지시대의 요릿집을 대표하는 명월관. 사진은 1921년
지금의 피카디리 극장 자리에 문을 연 돈의동 명월관.
본점은 화재로 소실되었으며, 그 자리에 동아일보사가 들어섰다.

안내하는 보이와 음식을 만드는 요리사와 인력거 차부까지 다 들었다.

명월관은 역사가 꽤 깊다. 20여 년 전에 안순환 씨가 경영하던 것을 기미년 이듬해에 앞에서 말한 안씨로부터 흥산주식회사에서 매수하였다가, 다시 현재 경영자인 이종구 씨가 3만 원을 주고 사들여(기구와 상호만이고 가옥은 별도이다) 이래 열두 해 동안을 경영하여 내려오는데, 음식은 고유한 조선 요리에다가 서양요리 식을 가미하여 한다.

이럭저럭 약 40만 원의 큰돈을 명월관을 중심 삼고 운전하고 있는 이종구 씨는 어떠한 사람인가 하면 원래 잡화상과 주식거래소를 하였고, 옛날 구한국시대에는 외국어학교를 마쳤다. 원적이 서울인데 그 아버지는 육군 정위正尉요, 군관학교 교장을 지낸 이규진 씨로, 명문 출신이었음을 알 수 있겠다.

명월관은 장차 어떤 인물을 더욱 배치하고 어떠한 방법으로 손님에게 서비스하여 요리점계에 패권을 잡으려는고? 미상불 흥미 있는 일이다.

식도원: 경영자는 안순환 씨, 자금 20만 원

그러면 한편 식도원은 어떠한가. 식도원은 실로 조선 요리계의 원조라 할 유명한 안순환 씨가 출자주의 유력한 일인이요, 따로 정원익 씨가 실제 경영하는 중이라 한다.

아마 요리 방면에 다소라도 소양이 있는 이 쳐놓고 안순환 씨를 모르는 이가 드물리라. 옛날 구한국 때에는 상감님이 잡수시는 음식을 짓는 국수國手였다. 그때 궁내부에는 조선 팔도에서 음식 잘 짓는 그 방면의 재인들이 많이 모여 있었는데, 그 중에서도 안순환 씨는 특출하여 나중에 음식 짓는 곳의 무슨 벼슬까지 하였다. 그러다가 합병 통에 세월이 글러지자 혼자 독립한 영업을 벌일 작정으로 궁내부를 나와서 처음 황토마루 부근에 집을 얻어 가지고 조그마한 요리점 — 조선식 요리점으론 시조라 할 만하다 — 을 경영하다가 그것이 불이 났다.(불 난 집터를 김성수 씨가 사가지고 거기다가 집을 지었으니, 그것이 오늘 우리들이 보는 광화문통 네거리의 동아일보사다.) 그러자 다시 명월관을 경영하다가 10여 년 전에 남대문통에 식도원을 건설하고 지금 경영하는 중이다.

식도원도 투하자본이 수십 만 원을 넘으며, 일 년 매상고가 명월관보다 못하지 않다고 전한다. 현재의 건물은 백여 간의 큰 집이요, 그 토지도 수백 평이라 시가로 쳐도 이 토지와 건물의 가격이 거액에 이를 것 같다.

식도원의 사용인원은 50여 명을 넘어 헤인다던가. 들은즉 안순환 씨는 풍류객으로 갓을 쓰고 팔도 유생들과 더불어 가끔 시회詩會도 열고 경치 좋은 강산을 찾기도 하여 풍류를 아는 50여 세의 중노인이라 하는데, 연전에는 안씨 족보를 위하여 수만 원을 던졌다고까지 전한다.

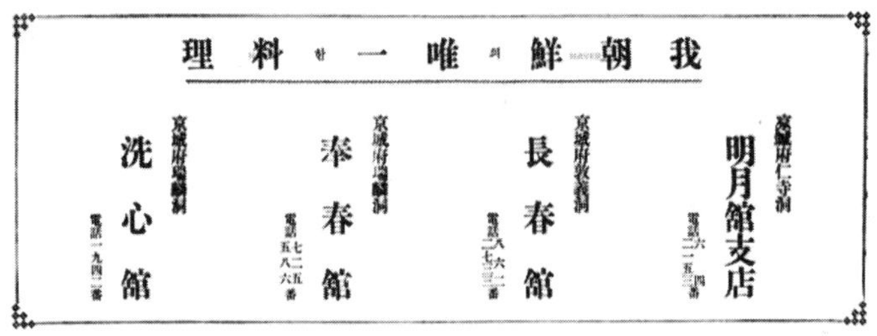

1920년 4월 2일자 《동아일보》에 실린 음식점 광고. 동아일보사 창간(4월 1일)을 축하하는 광고로, 아직 경성 시내에 음식점이 몇 되지 않던 시절이었다.

식도원의 자랑은 음식과 건물에도 있겠지만 내외국 손님들이 많이 와주는 데 특색이 있겠다. 아마 외국서 온 손님들로 조선 정취를 맛보자고 식도원을 찾지 않는 손님이 드물리라. 주단으로 깔아놓은 방석 위에 매란국죽梅蘭菊竹을 그린 병풍 밑에서 금란이다, 옥화로다 하는 기생의 장고 소리를 들어가면서 도연히 꿈속 같은 몇 시간을 보내게 한다 함이 식도원의 특색이리라.

동경에는 관광국까지 있어 돈 많은 나라 부자들을 끌기에 분주한데, 조선서 다소라도 외국인의 주머니를 털게 할 수 있는 기관이라면 이러한 요리점뿐이 아닐까.

어느 쪽이 이길까

명월관과 식도원은 어느 것이 패권을 잡을까? 역사와 음식 만드는 우열과 손님에게 서비스하는 태도와 운전자금과 건물과 경영하는 사람의 수완에 딸려 이것은 결정될 판인데, 아무튼 수삼 년만 더 두고 보면 알 것 같다.

— 《별건곤》 1932. 4

부호의 음식과 극빈자의 음식

수백만 원이란 크나큰 재산을 가지고 여러 군데 은행과 회사의 중역 노릇으로 있을뿐더러 그밖에도 여러 가지 공직의 지위를 지녀 세상에서 제일 귀하다 하는 황금과 명예를 조금도 부족 없이 다 가지고 있는 복 받은 백만장자 백인기[26]씨는 과연 어떠한 생활을 하고 있는가? 그의 집은 시내 낙원동 측후소 건너편 쓰레기통이 앞뒤에 저자를 벌이고 오막살이가 요리조리 깔린 곳, 내외주점이란 술집 간판을 지나 한 마장쯤 들어가는 울타리 높다란 삼대문 달린 집이다.

이렇게 인작人爵[27]을 극한 백씨의 먹고 지내는 형편은 어떠한

26 일제 강점기의 금융인.

27 사람이 정하여 주는 벼슬이라는 뜻으로, 공경, 대부의 지위를 가리킴.

가. 매일이다시피 저녁마다 연회가 있기에 잠을 늦게 자므로 이튿날 아침은 자연히 해가 떠서 오래 되어야 일어나게 되는데, 이불 속에서 송이와 인삼과 그 외 여러 가지 값나가는 물건으로 만든 음료를 마시면서 거북하던 심기를 우선 돌린다. 그리고 일어나서는 조반을 받는데 대체로 씨는 육붙이보다는 나물 등속을 즐겨, 봄에나 여름밖에 없는 나물이라도 동지섣달까지 반찬상에 오르지 않는 때가 없다. 또 조기鯮魚를 좋아해서 강경 지방에 일부러 사람을 보내 한 마리에 삼십여 원씩 주고 사온다 한다.

그 집에 손님이 오게 되면 그야말로 왕후의 국빈 맞이 연회처럼 호화스러웠다. 밥상을 두 벌 내는데 양요리의 여러 가지 진품과 우리나라 고유의 유명한 반찬을 갖추어 반찬 그릇이 열도 넘고 스물도 넘는다. 그때 마시는 술은 한 병에 수십 원 가는 위스키 등속이다. 또 차는 천하에 일품 가는 것이라 하니, 꿀 독에다가 석류, 참외, 유자 등속의 과일을 수십 개씩 넣어서 한 해고 두세 해를 두고 잔뜩 우려 짜낸 목과청을 마시는데, 이것은 보약같이 몸을 잘 보전할 뿐 아니라 음식을 잘 소화시키는 약에 가까운 것이라 한다.

어쨌든지 그의 주방에 가보면 순금그릇, 놋그릇 기명만 몇백 벌이 장식되어 있고, 요리에 쓰는 여러 가지 과일이나 채소류를 산더미같이 땅속에 파묻은 것을 볼 수 있다.

한 끼에 수십 원이 드는, 상 위에 반찬 그릇이 수십 개라서 수저를 들고 어느 것을 먼저 집어야 할지 얼마를 연구하여야 하

경성으로 수학여행 온 시골 학생이 백화점을 견학하던 중 식당 앞에서 말로만 듣던 돈까쓰, 야채샐러드, 카레라이스 등의 음식 모형을 살펴보고 있다.(《별건곤》 1932. 11)

는 백씨의 호사스러운 음식 먹기에 대하여, 한 끼에 십 전씩 주고 먹고 지내는 시내 효자동 고학생갈돕회의 생활 상태는 어떠한가? 뉘가 가득한 현미밥에다가 콩나물, 우거지 소금 국물 한 사발에 맛도 내음새도 없는 이름만인 깍두기를 씹으면, 그것이 한 때를 지내는 밥상이다.

이것은 아침이나 저녁이나 일 년 열두 달 두고 똑같은 음식이라 한다. 그래서 근래에는 일 주일에 똑 두 번씩 고깃국을 먹기로 되었는데, 그것도 가장 값싼 기름을 사다가 냉수같이 국물만 만들어 가지고 마시는데, 그것이 진수성찬이라고 서로 다투어가며 두 그릇, 세 그릇 마신다. 그래서 고기 국물 먹는 날이 되면 모두 배꼽 장단을 치며 쾌재를 부른다고 한다.

팔괘八卦를 보아도 궁하면 통하는 법이라고 워낙 원료가 이렇게 언짢은데다가 영양을 취할 길을 강구하느라고 얼마 전부터는 국물에다가 고추를 많이 넣어 맵게 하여 한 술만 떠 넣어도 오장육부가 모두 빙빙 뒤틀리게 그래서 온몸이 매운 바람에 뜨거워지게 하였다. 이것이 의학적으로 어떤 효험이 있었는지 그리하여 먹는 뒤로는 신경을 잔뜩 자극하여 대수代數 문제, 기하 문제 풀기에 매우 쉽다고 한다.

—《동아일보》1925. 1. 4

과자 상점이 인기가 있는 이유

남녀 연애 덕

나다가 말고 없어지기 시작한 간이식당과는 아주 딴판으로 과자 상점이 북촌北村[28]에 조선 사람 경영으로 갑자기 많이 생기니, 그것은 무슨 까닭인지 아는 이가 어디 있는가?

첫째, 어린 사람의 군것질이 많아진 것, 둘째, 조선 사람의 집에서도 사탕을 많이 쓰게 된 것, 셋째, 북촌 일대에 학생 기숙사가 많은 까닭이라 한다. 그런데, '학생 기숙사가 많은 까닭'에는 따로 주를 달아야 한다. 학생들의 하숙이 많은데, 유독 과자가 많이 팔리는 것은 남녀 교제가 자유로워지고 흔해져서이다. 전당을 잡혀서라도 과자를 사가지고 가고, 사다가 대접해야 한다는 것이다.

28 서울 가회동 일대.

위의 이야기는 모두 새로 생긴 어느 과자상의 입에서 들은 말이다. 다른 방면에서 또 다른 몇 가지 이유를 더 들었다. 첫째, 과자상은 밑천이 많이 들지 않는다. 둘째, 조촐한 업이어서 부녀도 점두에 나설 수 있다. 셋째, 제조 원료를 남모르게 가감하기가 자유롭다.

두 편의 합, 여섯 가지 까닭이 모두 그럴 듯하다.

—《별건곤》 1927. 3

빙수

방정환

아동문학가이자 어린이운동의 창시자. 아동잡지 《어린이》를 창간하였을 뿐 아니라 개벽사 주간으로 일하면서 언론, 출판 분야에도 큰 자취를 남김. 《별건곤》에 실린 이 글에서는 생영파(生影波)라는 필명을 사용.

기왓장이 타고 땅바닥이 갈라지는 듯싶은 여름 낮에 시커먼 구름이 햇볕 위에 그늘을 던지고 몇 줄기 소나기가 땅바닥을 두드려 주었으면 적이 살맛이 있으련만, 그것이 날마다 바랄 수 없는 것이라, 소나기 찾는 마음으로 여름 사람은 얼음집을 찾아드는 것이다.

엣—쓰꾸리잇! 에이쓰 꾸리잇! 얼마나 서늘한 소리냐? 바작바작 타드는 거리에 고마운 서늘한 맛을 뿌리고 다니는 그 소리, 먼지 나는 거리에 물 뿌리고 가는 자동차와 같이, 책상 위 어항 속에 헤엄치는 금붕어같이 서늘한 맛을 던져주고 다니는 그 목소리의 임자에게 사먹든지 안 사먹든지 도회지에 사는 시민은 감사하여야 한다.

그러나 얼음의 얼음 맛은 아이스크림보다도 밀크셰이크보다도 써억써억 갈아주는 '빙수'에 있는 것이다.

찬 기운이 연기같이 피어오르는 얼음덩이를 물 젖은 행주에 싸쥐는 것만 보아도 냉수에 두 발을 담그는 것처럼 시원하지만, 써억써억 소리를 내면서 눈발 같은 얼음이 흩어져내리는 것을 보기만 하여도 이마의 땀쯤은 사라진다.

눈이 부시게 하얀 얼음 위에 유리같이 맑게 붉은 딸기 물이 국물을 지을 것처럼 젖어 있는 놈을 어느 때까지든지 들여다보고만 있어도 시원할 것 같은데, 그 새빨간 데를 한술 떠서 혀 위에 살짝 올려놓아보라. 달콤한 찬 전기가 혀끝을 통하여 금세 등덜미로 쪼르르르 달음질해 퍼져가는 것을 눈으로 보는 것처럼 분명히 알 것이다.

빙수에는 바나나 물이나 오렌지 물을 쳐 먹는 이가 있지만, 얼음 맛을 정말 고맙게 해주는 것은 새빨간 딸기 물이다. 사랑하는 이의 보드라운 혀끝 맛 같은 맛을 얼음에 채운 맛! 옳다, 그 맛이다. 그냥 전신이 녹아 아스라지는 것같이 상긋—하고도 보드랍고도 달콤한 맛이니, 어리광 부리는 아기처럼 딸기 탄 얼음물에 혀끝을 가만히 담그고 두 눈을 스르르 감는 사람, 그가 참말 빙수 맛을 즐길 줄 아는 사람이다.

경성 안에서 조선 사람의 빙수 집 치고 제일 잘 갈아주는 집은, 내가 아는 범위에서는 종로 광충교 옆에 있는 환대丸大상점이라는 조그만 빙수 집이다. 얼음을 곱게 갈고 딸기 물을 아끼지 않는 것으로 분명히 이 집이 제일이다. 안동 네거리 문신당서점 윗층에 있는 집도 딸기 물을 상당히 쳐주지만, 그 집은 얼음이 곱게 갈리지를 않는다. 별궁 모퉁이의 백진당 윗층도 좌석이 깨끗하나 얼음이 곱기로는 이 집을 따르지 못한다.

얼음은 갈아서 꼭꼭 뭉쳐도 안된다. 얼음발이 굵어서 싸래기를 혀에 대는 것 같아서는 더구나 못쓴다. 겨울에 함박같이 쏟아지는 눈발을 혓바닥 위에 받는 것같이 고와야 한다. 길거리에서 파는 솜사탕 같아야 한다. 뚝 떠서 혀 위에 놓으면 아무것도 놓이는 것이 없이 서늘한 기운만 달콤한 맛만 혓속으로 숨어들어서, 전기 통하듯이 가슴으로 배로 등덜미로 쫙—퍼져가야 하는 것이다. 그러고는 그 시원한 맛이 목덜미를 식히고 머리 뒤통수로 올라가야 하는 것이다. 그러는 동안에 옷을 적시던 땀이 소문 없이 사라지는 것이다.

시장하지 않은 사람이 빙수점에서 지당가위나 밥풀과자를 먹는 것은 결국 얼음 맛을 즐길 줄 모르는 소학생이거나 시골서 처음 온 학생이다. 얼음 맛에 부족이 있거나 아이스크림보다 못한 것같이 생각나는 사람이 있으면 빙수 위에 달걀 한 개를 깨서 저어 넣어 먹으면 족하다. 딸기 맛이 빠지니까 아무나 그럴 일은 못되지만은….

효자동 꼭대기나 서대문밖 모화관으로 가면 우박 같은 얼음 위에 노랑 물, 파랑 물, 빨강 물을 나란히 쳐서 색동빙수를 만들어주는 집이 몇 집 있으니, 이것은 내가 먹는 것 아니라도 가여워 보이는 짓이요, 삼청동 올라가는 소격동 길에 야트막한 초가집에서 딸기 물도 아끼지 않지마는 건포도 4~5개를 얹어주는 것은 싫지 않은 짓이다. 그리고 때려주고 싶게 미운 것은 남대문밖 봉래동하고 동대문 턱에 있는 빙수 집에서 딸기 물에 맹물을 타서 부어주는 것하고, 적선동 신작로 근처 집에서 누런 설탕을 콩알처럼 덩어리진 채로 넣어주는 것이다.

빙수 집은 그저 서늘하게 꾸며야 한다. 싸리로 울타리를 짓는 것도 깨끗한 발을 치는 것도 모두 그 때문이다. 조선 사람의 빙수 집이 자본이 없어서 야트막한 초가집 두어 칸 방인 것은 할 수 없는 일이라 하고, 안동 네거리나 백진당 위층같이 좁지 않은 집에서 상 위에 물건 괴짝을 놓아두거나 다 마른 아옥나무 조각이나 놓아두는 것은 무슨 까닭이며, 마룻바닥에 물 한 방울 못 뿌리는 것은 무슨 생각인지 이해하기 어려운 일이다.

더구나 조그만 빙수 집이 그 무더워 보이는 빨간 헝겊을 둘러 치는 것은 무슨 고집이며, 상 위에 파리 잡는 끈끈이약을 놓아두는 것은 어떤 하이칼라인지 짐작 못할 일이다.

—《별건곤》1929. 8

4부 팔도 명물 음식 예찬

진품 중의 진품 신선로

우보생

음식도 여러 가지가 있다. 생각만 하여도 침이 저절로 삼켜지는 맛있는 음식도 있고, 숫적은 것으로 생각나는 음식, 푸짐한 것으로 생각나는 음식, 진기한 것으로 치수 나가는 음식, 한때의 시절에 알맞은 것으로 쳐주는 음식 등 여러 가지 있지만, 신선로라는 것은 그 중의 아무것도 아니다. 그러나 묘한 음식이다. 더욱이 찬바람이 높아가는 이제부터의 식탁에서 맛난 냄새를 물큰물큰 피우면서 재글재글 끓고 있는 신선로를 치워버린다 하면 그는 섭섭한 일이다.

순배巡杯가 느직이 돌고 이야기가 차차 운치 있어 부펴갈 때에는 조치[29]도 식어지고 국그릇에도 기름이 끼지만, 더욱 더욱 맛

29 바특하게 요리한 찌개나 찜.

이 나는 것은 신선로 맛이다. 완자 한 개, 부침 한 점의 따끈한 맛도 생색나는 것이어니와, 장국에 말아내는 한 사래 온면은 별미 중의 별미다.

그대로 지나기는 약주 맛 절미가 좀 부실하고 따로 준비하기에는 어짓 빠른 때에, 신선로 장국에 말아내는 온면은 주당에게도 마땅하고 또 비주당의 입에도 마땅하다.

음식은 우선 배 부르자는 것이 목적이지만, 그 주요 목적 이외에 여러 가지 조건이 붙는다. 첫째 맛이 좋아야 하고, 둘째 냄새가 좋아야 하고, 셋째 보기 좋아야 하고, 넷째 철이 맞아야 한다. 아무리 자양이 풍부할지라도 맛이 흉하고 보면, 약은 될지라도 음식으로는 가치를 잃는다. 냄새가 흉하여도 그러할 것이다. 또 양념과 꾸미[30]와 그릇과 온도와 양의 많고 적음과 계절에 맞는지가 음식의 품위와 가치를 결정한다.

정선된 재료와 운치 있는 그릇과 진보된 조리법으로 조리되는 신선로는 무슨 점으로 보든지 우리가 가진 음식 예술품의 하나이다. 세상 사람이 말하기를 무대예술은 종합예술이라 하지만, 잘 조리된 한 가지 음식이나 잘 차려진 한 상 요리는 역시 훌륭한 종합예술이다.

왜 그런고 하면 그는 혀의 예술이며, 코의 예술이며, 눈의 예술이며, 우리를 제일차적으로 만족시키는 예술이기 때문이다. 무

---

30 국이나 찌개에 넣는 고기 등속.

《조선만화》(도리고에 세이키 그림,
우스다 잔운 해설)에 실린 신선로 먹는 풍경.

대예술은 문학과 회화와 음악과 건축 등 각종 예술의 종합을 요하는 까닭에 종합예술이라 하는 것이다. 요리는 실로 그 이상으로 조건이 많다. 적당한 시기, 적당한 장소에서, 적당한 손님을 모아서 향연을 베푸는 것은 그 일 자체가 곧 문학이다. 한 상의 요리를 차리는 데는 회화와 건축의 예술감을 떠나서 만족한 것을 바랄 수 없거니와, 그밖에 냄새와 맛의 요소를 더한 것이 음식의 예술이니, 음식 예술이야말로 종합예술이라 하기에 가장 적당하다.

신선로 이야기가 너무 기로에 들어섰다. 요컨대 신선로는 그와 같은 이유로 음식 예술품 중의 하나가 될 수가 있다는 말이다.

— 《별건곤》 1929. 12

전주 명물 탁백이국

다가정인

평양의 어복장국, 서울의 설렁탕이 명물이라면, 전주 명물은 탁백이국[31]일 것이다.

명물이라고 하면 무슨 특이한 진미인 것 같기도 하지만 실상 그렇지는 않고, 어복장국이나 설렁탕과 마치 한가지로 상하귀천 없이 누구나 먹고, 값이 헐한데다가, 맛이 구수하며, 술속이 잘 풀리니, 이만하면 어복장국이나 설렁탕과 어깨를 견줄 만한 명물의 자격이 충분하다.

그러나 한편으로 보면 어복장국이나 설렁탕보다도 나은 편이 없지 않다. 어복장국은 고기로 끓이고, 설렁탕도 쇠고기로 끓

31 탁백이국은 막걸리를 담는 그릇 탁백이에서 유래한 이름으로, 지금은 전주 콩나물국밥으로 불린다.

인다. 그런 만큼 원료가 다 그만한 맛을 갖추어 가지고 있겠지만, 탁백이국은 원료가 단지 콩나물일 뿐이다.

콩나물을 솥에 넣고(시래기를 조금 넣기도 한다) 그대로 푹 푹 삶아서, 마늘 양념이나 조금 넣는 둥 마는 둥(간장은 설렁탕과 한가지로 절대 피해야 한다) 하고, 소금을 쳐서 휘휘 둘러놓으면 그만이다.

원래 다른 채소도 그렇지만, 콩나물이라는 것은 갖은 양념을 많이 넣고 맛있는 장을 쳐서 잘 만들어 놓아야 입맛이 나는 법이다. 그런데 전주 콩나물국인 탁백이국만은 그렇지가 않다. 단지 재료는 콩나물과 소금뿐이다. 이것은 분명 전주 콩나물이 다른 곳 콩나물과 품질이 다른 까닭이다. 그렇다고 전주 콩나물이 유산 암모니아를 주어서 기르는 것도 아니요, 역시 다른 곳과 같이 물로 기를 따름이다.

다 같이 물로 기르는데 맛이 그렇게 다르다면, 결국 전주의 물이 좋다고 하지 않을 수 없다. 그런 것은 어쨌든 맨콩나물을 푹신 삶아서 소금을 쳐가지고 휘휘 내저어 놓은 것이 그처럼 맛있다면 신통하기 짝이 없는 것이다. 이 신통한 콩나물국을 먹는 법 또한 운치가 있다.

아침 식전에, 그렇지 않으면 자정 후에 일찍 일어나서 쌀쌀한 찬 기운에 목을 웅숭그리고 탁백이집을 찾아간다. 탁백이집이라는 것은 서울 같으면 선술집이다.

구수한 냄새와 푸근한 더운 김이 쏟아져 나오는 목로 안으로 들어서 개다리상 같은 걸상에 걸어앉는다. 먼저 틉틉한 탁백이 한 잔을 벌컥벌컥 들이켜고는, 탁백이국 그놈 한 주발에 밥 한 술을 넣어 훌훌 마신다. 산해진미와도 바꿀 수 없는 구수한 맛에 속이 후련하다. 더구나 그 전날 밤에 한 잔 톡톡히 먹고 속이 몹시 쓰린 판에는 이 탁백이국을 덮어 먹을 것이 없다.

그런데 그것이 기가 막히게 헐해서 탁백이 한 잔, 국 한 주발, 밥 한 덩이, 세 가지를 합해서 일금 5전이다. 전주가 특별히 음식이 헐하기는 하지만, 탁백이국은 특별 중 특별이다.

물론 계급을 초월한 것은 설렁탕 이상이다. 이만하면 모든 것이 평범한 전라도의 것으로는 꽤 제법이라 하겠다.

끝으로 전주에는 토질土疾이 몹시 심한데, 콩나물국을 먹음으로써 그것을 예방한다는 것을 소개한다.

—《별건곤》1929. 12

충청도 명물 진천 메밀묵

박찬희

다 각기 음식 자랑이 나오니, 충청도 메밀묵 자랑이나 하여 보자.

조선에서 어디 치고 여러 가지 묵을 먹지 않는 곳은 없다. 그러나 충청도 메밀묵을 먹은 입맛으로 볼 때, 그것도 묵이라고 먹는가 싶어 가엾은 생각이 난다.

다른 곳에서 먹는 묵들은 그저 목침덩이만큼씩 크게 뚝뚝 잘라서 장을 질름 쳐가지고 밥반찬으로 한두 젓가락 지번거릴 뿐이다. 그러고도 묵을 먹었노라고 한다. 그러나 충청도의 물묵은 그렇게 운치 없고, 승겁고, 통명스럽지가 않다.

충청도를 가면 서울의 선술집이나 설렁탕 집처럼 골목골목에 묵집이 있다. 안으로 들어서면 한 주발 그득 하게 갖다 놓는다. 처음 보면 국수 장국인가 하고 속기가 쉽다. 그것은 무엇보다 묵이 국수발과 같이 가는 까닭이다. 대개는 고기장국에 비벼서 먹는다. 그 충청도의 묵 아니면 맛볼 수 없는 고유한 맛에다 얌전한 양념과 고기를 가미한 맛이란, 그야말로 둘이 먹다 하나가 죽어도 모를 지경이다.

겨울밤이 깊은 뒤에 속이 허출한 틈을 타서 한두 잔 안주 삼아 두어 그릇 먹는 운치도 또한 그럴 듯하다. 값은 일금 5전이라, 헐하기와 풍미와 운치 — 그야말로 삼박자가 들어맞았다.

—《별건곤》 1929. 12

영남 진미 진주 비빔밥

비봉산인

맛나고 값 헐한 진주 비빔밥은 서울 비빔밥과 같이 큰 고깃점을 그냥 놓은 것이나 콩나물 발이 세 치나 되는 것을 넝쿨지게 놓은 것과는 도저히 비길 수 없습니다.

하—얀 쌀밥 위에 색을 조화시켜 날 듯한 새파란 야채 옆에는 고사리나물, 또 옆에는 노르스름한 숙주나물, 이러한 방법으로 가지각색 나물을 둘러놓습니다. 다음에 고기를 잘게 이겨 끓인 장국을 비비기에 적당할 만큼 붓습니다. 그 위에 유리조각 같은 황청포 서너 사슬을 놓은 다음, 육회를 곱게 썰어 넣고, 입맛이 깨끔한 고추장을 조금 얹습니다. 여기에 일어나는 향취는 사람의 코를 찌를 뿐 아니라, 보기에 먹음 직합니다.

값도 단돈 10전. 상하계급을 물론하고 쉽게 배고픔을 면할 수 있는 것입니다. 이렇게 소담하고 비위에 맞는 비빔밥으로 길러진 진주 젊은이들은 미술에 재질이 많습니다. 또한 의기義氣의 열렬한 정신을 길러줍니다.

—《별건곤》 1929. 12

괄시 못할 경성 설렁탕

우이생

말만 들어도 우선 구수한 냄새가 코로 물씬물씬 들어오고, 터분한 속이 확 풀리는 것 같다. 멋을 모르는 사람들은 설렁탕을 누린 냄새가 나느니, 쇠똥 냄새가 나느니, 집이 더러우니, 그릇이 불결하니 한다. 하지만 그것은 정말로 설렁탕에 맛을 들이지 못한 가련한 친구다.

설렁탕에서 소위 누린 냄새라는 것을 빼고, 뚝배기 대신으로 유기나 사기에 담아서, 파 양념 대신 다른 양념을 넣고, 소금과 거칭 고춧가루 대신 가는 고춧가루와 진간장을 쳐서, 시험 삼아 한번 먹어보라. 우리가 보통 맛보는 설렁탕의 맛은 파리 족통(발)만큼도 못 얻어볼 것이다. 그저 덮어놓고 설렁탕의 맛은 그 누린 냄새 — 실상 구수한 냄새 — 와 뚝배기와 소금을 갖추어야만 제 맛이 난다.

설렁탕을 일반 하층계급에서 많이 먹는 것은 사실이다. 그러나 제아무리 점잔을 빼는 친구라도 조선 사람으로서 서울에 사는 이상, 설렁탕의 설렁설렁한 맛을 괄시하지 못한다. 값이 헐하고, 배가 부르고, 보신이 되고, 술속이 풀리고, 사먹기가 간편하고, 귀천 누구 할 것 없이 두루 입에 맞고 … 이외에 더 얻어먹을 것이 또 어디 있으랴.

설렁탕은 물론 사철 다 먹는다. 하지만 겨울에, 겨울에도 밤 — 자정이 지난 뒤에 부르르 떨리는 어깨를 웅숭그리고 설렁탕 집을 찾아가면, 우선 김이 물씬물씬 나오는 뜨스한 기운과 구수한 냄새가 먼저 회를 동하게 한다.

그것이 다른 음식집이라면 소위 점잖다는 사람은 앞뒤를 좀 살펴보느라고 머뭇거리기도 하겠지만, 설렁탕 집에 들어가는 사람은 절대로 해방적이다. 그대로 척 들어서서,

"밥 한 그릇 쥬."

하고는 목로 걸상에 걸어앉으면, 일 분이 다 못되어 기름기가 둥둥 뜬 뚝배기 하나와 깍두기 접시가 앞에 놓인다.

파 양념과 고춧가루를 듭신 많이 쳐서 소금으로 간을 맞추어가지고 훌훌 국물을 마셔가며 먹는 맛이란 도무지 무엇이라고 형언할 수가 없으며, 무엇에다 비할 수가 없다. 그야말로 고량진미를 가득 늘어놓고도 입맛이 없어 젓가락으로 끼지럭끼지럭하는 친구도 설렁탕만은 그렇게 괄시하지 못한다.

이만하면 서울의 명물이 될 수 있으며, 따라서 조선의 명물이 될 수 있다. 이것은 좀 군말이지만 일본사람으로 만화를 그리는 오카모토인가 하는 친구가 조선 설렁탕을 만화로 표현[32]하였는데, 그것이 기상천외의 것이다. 통으로 소 한 마리를 솥에 넣고 삶는 광경이 그것이다.

이것을 그 친구의 악의 없는 장난이라고 보면 그만이겠지만, 만일 조금이라도 못된 심술로 그리 한 것이라면 대번 붙잡아다가 설렁탕의 맛을 알도록 얼마 동안 가르칠 필요도 없지가 않다. 필경은 설렁탕의 노예가 되어 조선으로 이주하는 꼴을 좀 보게.

—《별건곤》 1929. 12

32 이것은 《조선만화》朝鮮漫畵라는 책 속에 등장하는 〈점두의 우두골〉을 가리키는 것으로 보인다. 만화를 그린 사람은 도리고에 세이키이다. 이 책의 60쪽에 수록.

화학 조미료 아지노모토 광고. 아지노모토가 선풍적인 인기를 끌고 온갖 요리에 무분별하게 사용됨으로써, 장류와 양념으로 맛을 내는 우리 음식의 전통이 무너지고 맛의 획일화라는 부작용이 발생하였다.

천하 진미 개성 편수

진학포

먹어본 일이 없는 사람에게 지면으로 그 음식 맛을 소개한다는 것은 가보지 못한 사람에게 어떤 경치를 소개하는 것보다도 더 어렵고 막연한 일일 것이다.

편수도 편수 나름이지 그 맛이 다 같다고야 할 수 없다. 그 맛의 좋고 나쁨을 결정하는 것은 말할 것 더 없이 그 속(편수 속)의 재료에 있다. 개성 편수 중에도 빈한한 집에서 아무렇게나 만들어서 편수 먹는다는 기분만 맛보는 것 같은 편수는 서울 종로통 음식점에서 일금 20전에 큰 대접으로 하나씩 주는 만두 맛만 못할는지도 모른다. 그것은 고기라고는 거의 없고, 숙주와 두부의 혼합물에 지나지 않기 때문이다.

그러나 정말 남들이 일컬어주는 개성 편수는 그런 것이 아니다. 편수 속의 주요 재료는 쇠고기, 돼지고기, 닭고기, 생굴, 잣, 버섯, 숙주나물, 두부, 그 외의 양념 등 여러 가지 종류이다. 이것들을 적당한 분량씩 배합하여 넣되 맛있는 편수를 만들려면 적어도 숙주와 두부의 합친 분량이 전체 분량의 3분의 1을 넘어서는 안될 것이다. 그러므로 정말 맛있다는 개성 편수는 그리 염가로 얻어지는 것이 아니다.

위에서 말한 여러 가지 재료가 개성 부인네의 특수한 조미법調味法으로 잘 조미되고 똑 알맞게 익어서, 그것이 우리들 입속으로 들어갈 때 그 맛이 과연 어떠할까? 세 가지 고기 맛, 굴과 잣 맛, 숙주와 두부 맛이 따로따로 나는 것이 아니요, 그 여러 가지가 잘 조화되고 그 여러 가지 맛 중에서 좋은 부분만이 한데 합쳐져서 새로운 맛을 이루어서 우리 목구멍으로 녹아 넘어가는 것이니, 그 새로운 조화된 맛 그것이 개성 편수 맛이다.

개성의 유명한 송순주松筍酒 한 잔을 마시고, 이름 있는 보쌈김치와 함께 잘 조화된 편수 한 개를 꿰뜨릴 때, 나 같은 식도락의 미각은 나도 모르는 사이에 이 몸을 황홀경으로 이끌어가는 것이다.

—《별건곤》 1929. 12

사랑의 떡, 운치의 떡
연백 인절미

장수산인

옴치락이! 옴치락이! 느러옴치락이라 하면 수수께끼를 하는 어린아이들도 인절미로 알 것이다. 인절미는 조선의 여러 가지 떡 중에 제일 많이 먹고, 제일 맛있는 떡이다. 봄의 쑥인절미, 단오의 취인절미, 여름의 깨인절미, 가을의 돔부팥인절미, 대추인절미, 겨울의 콩인절미, 그 어느 것 맛나지 않은 것이 없다.

그러나 철 중에도 쟁쟁이라고, 조선에서 인절미로 제일 유명한 것은 황해도 연백 인절미일 것이다. 그곳 인절미는 원래 원료로 쓰이는 찹쌀의 품질이 매우 좋기 때문이거니와, 떡을 쳐서 만드는 방법이 또한 묘하다.

그 중에도 겨울철의 인절미가 더욱 좋고, 새로 만든 것보다도 오래된 떡을 구워 먹는 맛이 특히 좋다. 동지섣달 찬바람에 백설이 펄펄 흩날릴 때, 장연의 백탄白炭(장연은 황해도 백탄 산지)을 이글이글 피워놓고, 젊은 과부의 도망가는 봇짐만큼씩 굵직굵직하게 만든 인절미를… 꺼멓게 타도록 구워내서 한쪽을 오뉴월에 수박 꼭지 따듯이 뚝 딴 다음, 강릉 생청生淸[33]을 지르르 부어놓고 젓가락으로 한참 휘휘 저으면, 떡이 다 풀어져서 마치 타락죽 같기도 하고, 율무죽 같기도 하다. 그러면서도 끈기가 있어서 여간 해서는 끊어지지 않고, 맛은 천하 제일미다.

서투른 애인과는 같이 먹다가 죽어도 모를 만하다. 이런 의미로 보면 인절미는 한자로 '인절미'人絶味, 즉 사람이 절명할 만큼 맛이 있다고 명명하여도 좋겠다. 자고이래 개성의 보따리 장사들이 연백이라면 꿈에도 잊지 못하는 것은 무엇보다도 이 인절미에 정을 많이 붙인 까닭이었다. 그리고 계산을 할 때에 수가 맞으면 의례히 연안백천 인절미라고 부른 것을 보아도 그 인절미가 얼마나 사람의 구미를 끄는지 짐작할 수 있다.

황해도에 〈도라지타령〉이라든지 〈난봉가〉가 유행하면서 이 명물 인절미의 타령이 없는 것은 한 유감이다. 맛 좋은 인절미, 운치스러운 인절미! 연안성 안 이월천李月千[34] 선생의 임진승첩비와 같이 만고에 회자하리라.

—《별건곤》 1929. 12

33 가공하지 않은 자연 꿀.

34 임진왜란 때 왜군과 맞서 싸운 의병장.

사철 명물 평양 냉면

김소저

봄

봄바람이 건듯 불어 잠자던 모란대에 나무마다 잎 트고 가지마다 꽃 피는 3, 4월 긴— 해를 춘흥에 겨워 즐기다가 지친 다리를 대동문 앞 드높은 2층루에 실어놓고 패강浿江[35] 푸른 물 따라 종일의 피로를 흘려보내며 그득 담은 한 그릇 냉면에 시장기를 면할 때!

35 대동강

여름

대륙의 영향으로 여름날 열기가 상당히 높은 평양에서 더위가 몹시 다툴 때 흰 벌덕대접에 주먹 같은 얼음 덩어리를 속에 감추고 서리서리 얽힌 냉면! 얼음에 더위를 물리치고 겨자와 산미에 권태를 떨쳐버리리!

가을

수년을 두고 그리던 지기知己를 패성浿城[36]에 맞아다가 능라도 버들 사이로 비쳐오는 달빛을 맞으며 흉금을 헤쳐 놓고 오랜 회포를 이야기할 때 줄기줄기 긴— 냉면이 물어 끊기 어려움이 그들의 우정을 말하는 듯할 때!

겨울

조선 사람이 외국 가서 흔히 그리운 것이 김치 생각이라듯이, 평양 사람이 타향에 가 있을 때 문득문득 평양을 그립게 하는 한 힘이 있으니, 이것은 겨울 냉면 맛이다. 함박눈이 더벅더벅 내릴 때 방안에는 바느질하시며 삼국지를 말씀하시는 어머니의 목

---

36 평양

소리만 고요히 고요히 울리고 있다. 눈앞에 글자 하나가 둘셋으로 보이고 어머니 말소리가 차차 가늘게 들려올 때,

"국수요 —"

하는 큰 목소리와 같이 방문을 열고 들여놓는 것은 타래타래 지은 냉면이다. 꽁꽁 언 김치죽을 뚜르고 살얼음이 뜬 진장김치국에다 한 젓가락 두 젓가락 풀어먹고 우르르 떨려서 온돌방 아랫목으로 가는 맛! 평양 냉면의 이 맛을 못 본이요, 상상이 어떻소!

—《별건곤》 1929. 12

대구의 자랑 대구탕반

달성인

'명물 치고 맛난 것 없다' 이런 일본 속담이 있다. 일리가 있는 말이다. 명물이란 이름에 홀리어 일상 새 맛을 추구하여 마지않는 우리들의 미각이 너무나 과민한 기대를 가지는 까닭도 있고, 또는 명물업자들이 마찬가지로 이 명물에 지나치게 의지하여 폭리를 꿈꾸고 우물쭈물 날림으로 주물럭거리기 시작하여 점점 명물이 평범화하는 것도 한 가지 이유가 된다.

그러나 그런 것은 어쨌든 명물을 명물로 대접하여 이에 대구탕반을 한번 맛보기로 하자. 대구탕반은 본래 이름이 육개장이다. 대체로 개고기를 한 별미로, 보신 음식으로 좋아하는 것이 일부 조선 사람들의 공통된 특성이다. 특히 남도지방 시골에서는 '사돈 양반이 오시면 개를 잡는다'고 개장이 여간 큰 대접이 아니다. 이 개장을 좋아하는 기호와 개고기를 먹지 못하는 사람들의 사정까지 살피고, 또는 요사이 점점 개가 귀해지는 기미를 엿보아서 생겨난 것이 곧 이 육개장이다. 얼른 말하자면 쇠고기로 개장처럼 만든 것인데, 시방은 대발전을 하여 본토인 대구에서 서울까지 진출을 하였다. 서 말지기 가마에다 고기를 많이 넣고 곰 고듯 푹신 고아서 우러난 물로 국을 끓이는데, 고춧가루와 쇠기름을 흠뻑 많이 넣는다.

국물을 먼저 먹은 굵다란 파가 둥실둥실 뜨고, 기름이 뚝뚝 듣는 곰국에다 곤 고기를 손으로 알맞게 찢어 넣은 국수도 아니요, 국밥도 아닌 혓바닥이 델 만큼 뜨겁고 김이 무럭무럭 떠오르는 시뻘건 장국을 대하고 앉으면, 우선 침이 꿀꺽 넘어가고 아무리 엄동설한에 언 얼굴이라도 저절로 풀리고 온 몸이 녹아서 근질근질해진다. 어쨌든 대구 육개장은 조선 사람의 특수한 구미를 맞추는 고춧가루와 개장을 본뜬 데 그 본래의 특색이 있다. 까딱 잘못 먹었다간 입술이 부풀어서 애인하고 키스도 못하고 애매한 눈물까지 흘리리라.

내가 대구서 중학 시절에 〈인톨러런스 Intolerance〉[37]란 명작 영화를 구경하고 열두 시나 되어 손과 발이 얼어서 모통걸음으로 벌벌 떨고 뛰어오다가, 그때 친해 다니던 육개장집에 들어가서 단숨에 한 그릇을 비우고 나서는, 그만 식곤증에 취하여 서 말지

---

37 미국 영화감독 D. W. 그리피스가 1916년에 만든 영화.

기 뚜껑을 열 때마다 무슨 괴물의 입김처럼 확확 내치는 장국 김에 설여서 반만 익은 토마토 빛같이 된 주인마누라 무릎을 베고 그대로 잠이 들었던 일을 생각하면, 지금도 그때 먹은 육개장이 새롭고, 철없던 어린 그때가 그리워진다.

—《별건곤》 1929. 12

경성 명물 음식

〈경성 명물집〉 기사의 일부

설렁탕

시골사람이 처음으로 서울에 와서 설렁탕 집을 지나가다가, 털이 그대로 있는 삶은 쇠머리가 설렁탕 광고를 하듯이 채반 위에 놓여 있는 모습과 확 끼치는 누린내를 맡으면, 소위 일국의 수도라는 서울에도 저런 더러운 음식이 있으며, 저것을 그래도 누가 먹나 하고 코를 외로 저을 것이다. 게다가 오지 뚝배기 설렁탕 그릇은 시골에서는 아무리 가난뱅이 집에서라도 잘 받아 먹지도 않는다.

그러나 시험으로 먹어본다는 것이 한 그릇, 두 그릇 먹기 시작하면, 누구나 재미를 들여서 집에 갈 노잣돈이나 자기 마누라

치맛감 사줄 돈이라도 안 사먹고는 견디지 못할 것이다. 값이 눅은 것도 눅은 것이거니와(보통 한 그릇에 15전, 고기는 청구하는 돈대로 더 준다), 맛으로든지 영양으로든지 상당한 가치가 있다.

자고이래로 서울의 폐병쟁이와 중병 앓고 난 사람들이 이것을 먹고 회복하는 것은 물론이고, 근래에 소위 신식 혼인을 하였다는 하이칼라 청년들도 이 설렁탕이 아니면 아침저녁을 굶을 지경이다. ― 근래의 소위 신식 여자들은 대개가 밥을 잘 지을 줄 모르고, 아침이면 늦잠, 저녁때면 출입이 많기 때문에, 시간 출근하는 남편이 설렁탕 신세를 지는 일이 간혹 있다.

전일에는 남문 박잠배紫巖 설렁탕을 제일로 쳐서, 동지섣달 추운 밤에도 십여 리 밖에 있는 사람들이 마치 여름날에 정릉 물맞이나 악바위골 약수 먹으러 가듯이 서로 다투며 갔었지만, 지금은 시내 각처에 설렁탕 집이 생긴 까닭에 그것도 시세를 잃었다. 시내 설렁탕 집도 숫자로 치면 꽤 많다. 그 중에는 종로 이문里門안 설렁탕이라든지, 장교 설렁탕, 샌전 일삼옥 설렁탕이 전날 잠배 설렁탕의 세도를 계승한 듯하다.

그렇다고 시골에서 오신 이들이 설렁탕에 함부로 반하지는 마시오. 충청도 서산의 모 청년처럼 4백 석 추수하는 전답을 다 팔아먹고는 설렁탕이 아니라 날탕 패가敗家탕이라고 후회하기가 쉬울 터이다.

선술집

얼마 전까지 선술집은 대개 하급 노동자들만 먹는 곳이요, 소위 행세 낯이나 하는 사람들은 별로 가지를 않았다. 지금은 경제가 곤란한 까닭이라 할지, 계급사상의 타파라 할지, 노동자는 고사하고 말쑥말쑥한 소위 신사, 모던 보이 축들이 전날 요릿집이나 안진술집 다니듯이 보통으로 다닌다. 그리하여 선술집의 이름도 점점 승차하여 일본식과 서양식을 절충한 '닷지 호텔'이니 또는 '민중 호텔'이니 하는 하이칼라 별호를 가지게 되었다.

이름이야 어찌 되었든 선술집은 첫째, 시간을 절약할 수 있다. 둘째, 단돈 5전만 가져도 누구나 들어갈 수 있다. 셋째, 계급이 없이 누구나 똑같은 곳에서 서서 먹는다. 넷째, 자기 마음대로 안주를 먹는 중에도 당장에 굽든지 익혀 먹으니 안심이 되고, 남은 것은 가지고 갈 수도 있다. 어느 점으로 보든지 평민적이요, 이상적이다. 특히 오늘 우리 조선 사람의 생활에 맞춤하게 되었다. 선술집이 많은 중에도 화동 막바지 황추탕 집은 누구나 한 번 가려고 한다. 술맛도 술맛이거니와 여름 휴업시기를 제한 외에는 항상 추탕이 있고, 그 추탕이 다른 곳보다 별미이기 때문이다. 이문 안 첫머리 술집은 술보다 안주가 비교적 낫고, 술 붓는 아씨가 술 부을 적마다 술잔으로 장단을 맞추는 멋이 있다. 그 아래 골목안 술집은 안주와 술맛이 다 좋고, 게다가 아씨가 둘씩 있는 중골목이 아늑한 까닭에 밀매음자에게는 가장 알맞은 곳이다.

아따, 이러다가는 선술집 광고만 해주기 쉽겠다. 집이야 뉘집 뉘집 할 것 없이 이만 이야기하고, 선술집이 서울 명물인 것만 소개하면 족할 것이다. 근래에는 개성이나 수원, 인천, 춘천 등지에도 선술집이 몇이 생겼으나, 그래도 서울의 선술집처럼 여러 가지가 어울리지는 않는다.

약식과 약과

약식의 처음 발생지는 경주(신라시대)이지만 지금은 실상 서울의 명식품이 되었다. 시골에도 약식이 없는 바는 아니지만, 개성, 전주를 제외하면 다 같은 원료를 써도 서울의 약식처럼 맛과 빛깔이 좋지 못하다. 대개가 수수밥에 사탕 버무리한 것 같다.

정말 그야말로 강릉이면 다 사대부냐고, 서울 약식이라도 다 같은 것은 아니다. 요새 고학생들이 "약식 벤또!" 하며 팔러 다니는 것이라든지, 요릿집에서 한번 만든 약식을 아이들 팽이 돌리듯이 몇 달을 두고 이 상으로 돌리고 저 상으로 돌린 것은 속에서 곰팡 냄새가 나기도 한다. 하지만 상당한 가정에서 만든 약식은 참으로 좋다.

그리고 약과도 서울 약과는 연한 것으로나 맛으로나 지방에서는 그런 것을 먹어볼 수 없을 것이다.

남주북병南酒北餠

남촌의 술이요, 북촌의 떡이란 말도 시대변천을 따라서 어느덧 옛말이 되었다. 지금에 와서 남촌은 거의 정종 먹는 색다른 사람의 마을[38]이 되었고, 술도 회사의 독점물이 되었으니, 무슨 술이 어떠하다고 논평할 여지가 없다.

아쉬운 대로 말하자면 공덕리 소주와 약주로는 시내 윤가주(안국동), 이가주(중학동), 그 외 중앙주가 비교적 좋다. 떡도 근래에 호떡, 왜떡, 러시아 빵, 기타 과자 등속이 생긴 뒤로 전일보다 수요가 줄어든 까닭에, 떡집이 적어지고 떡의 종류도 줄어간다.

그러나 경성의 계절 음식 특색은 그대로 보존하여 봄에는 쑥송편, 가피떡, 송기떡, 빈대떡이요, 4월 8일에는 느트떡, 5월 단오에는 취떡, 6, 7월에는 증편, 깨인절미, 8월 추석에는 송편, 겨울에는 시루떡(그 중에는 종류가 많다), 두투떡 등이 유명하다. 옳지, 서울의 떡 중에 색절편은 시골에서 볼 수 없는 찬란한 떡이다. 그것도 한 명물이다.

연계탕과 갈비

원산에 연곗집이 생긴 지는 벌써 오래고, 평양에도 근래에

---

38 남촌南村: 지금의 충무로 일대를 가리킴. 본래 가난한 양반들의 거주지였으나 식민지 시대 들어 일본인 거리로 탈바꿈.

갈비집이 생겼다 한다. 서울에는 3년 전까지도 연계탕軟鷄湯이나 갈비 구워 파는 집이 없었다.

그랬던 것이 전동 대구탕집에서 백숙 연계와 갈비를 구워 팔기 시작한 뒤로 여러 식당이 생겨 집집마다 사진판에 박은 것처럼 의례히 대구탕, 백숙 연계, 군갈비를 팔게 되었다. 지금은 대구탕집 외 몇 집에 불과하지만, 하여간 연계탕과 군갈비는 서울 음식의 한 명물이 되었다. 맛이야 무슨 특별한 것이 없지만 먹기에 편리한 까닭에 누구나 환영한다.

옳지, 된장찌개, 깍두기, 장김치 같은 것도 시골 가서는 서울 것 같은 것을 먹을 수 없다. 외국에 간 사람이 자기 가족보다 서울의 김치, 깍두기 생각이 더 간절하다는 것도 무리가 아니다.

—《별건곤》 1929. 9

경성 명물 채소와 과일

〈경성 명물집〉 기사의 일부

왕십리 미나리

안주 미나리가 백상루百祥樓[39]와 같이 평남에서 이름이 높고, 남원 미나리가 춘향이에 지지 않게 전라도에 소문이 높지만, 서울 왕십리의 미나리처럼 명물은 되지 못할 것이다. 다른 곳의 미나리는 봄철에만 있지만, 서울 미나리는 유행동요에 미나리는 사철이란 말과 같이 사철 없는 때가 없다. 길고 연하기도 하려니와 향취 또한 좋다.

특히 동지섣달 얼음이 꽝꽝 언 논 속에서도 새파랗게 새싹

39 평안남도 안주에 위치한 뛰어난 풍광을 자랑하는 누정. 관서제일루라 불리며, 북한의 국보 31호.

이 난 미나리를 캐내는 것은 서울이 아니고는 그 생신生新한 맛을 보지 못할 것이다.

연동과 훈련원의 백채白菜

개성 배추가 서울에서도 이름이 높다. 개성 배추는 크고 연하지만 맛이 서울 배추 같지 못하다. 서울 중에도 연동과 훈련원 배추는 자고이래로 유명하다. 배추 농사도 많이 하거니와 맛이 다른 곳 것보다 좋다.

그 중에도 겨울에 움 속에서 길렀다가 이른 봄 시골에서 아직 밭도 갈기 전에 새파란 속금배추를 시장에 출품한 것을 보면, 누구나 생신한 맛을 절로 느끼게 된다. 근래에는 동대문 밖 창신동의 배추도 점차 이름이 높다.

북악 송이

서울에서도 송이가 난다고 하면 시골 사람들은 잘 곧이듣지 않을 것이다. 그러나 북악산에서 나는 송이는 자고이래로 '북악송이' '북송이' 하고 이름이 높아서 일반에 널리 회자되었다. 예전에 궁궐의 진상품이 되었음은 물론이다.

북악은 원래 산이 깨끗하고 지질이 좋은 까닭에, 송이가 깨끗하고 클 뿐 아니라 향취 또한 좋다. 평남 양덕이나 석왕사, 이 원, 신흥, 금강산, 경북 영덕 등지 소위 송이의 명산지라는 곳의 송이와는 도저히 비교하여 말할 수 없는 진품이다. 송이 밭으로 말하더라도 잘 보호를 하지 않아서 그렇지 별로 아니 나는 곳이 없고, 수량 또한 많다.

북악뿐 아니라 남산에서도 나고, 창덕궁 비원 송림에서도 난다. 이것이 아직까지 널리 선전이 못되어 그렇지 명물인즉 진명물이다.

과일

그리고 창의문 밖 능금과 승도僧桃(털 없는 복숭아)는 다른 지방에 흔치 못한 경성의 특산품이다. 동소문 안 송동 앵두도 빼지 못할 명물이다. 시골에도 앵두가 없는 바는 아니다. 하지만 이 송동과 같이 한 곳에 앵두나무가 수천 주씩 있어서 다량으로 산출되는 곳은 없을 것이다.

지금은 다른 지방에도 혹 군밤이 있지만, 서울의 군밤은 역시 과일 중 명물이다. 맛도 맛이거니와 군밤장사의 군밤타령이 또 들을 만하다.

—《별건곤》 1929. 9

음식 찾아보기

100년전 우리가 먹은 음식

식탁 위의 문학 기행

2017년 11월 20일 초판 1쇄 찍음
2017년 11월 30일 초판 1쇄 펴냄

지은이 백석, 이효석, 채만식 외
펴낸이 이상
펴낸곳 가갸날
주 소 10386 경기도 고양시 일산서구 강선로 49 BYC 402호
전 화 070.8806.4062
팩 스 0303.3443.4062
이메일 gagyapub@naver.com
블로그 blog.naver.com/gagyapub
페이지 www.facebook.com/gagyapub

디자인 신영은

ISBN 979-11-87949-12-1 03810

이 도서의 국립중앙도서관 출판예정도서목록(CIP)은 서지정보유통지원시스템 홈페이지(http://seoji.nl.go.kr)와 국가자료공동목록시스템(http://www.nl.go.kr/kolisnet)에서 이용하실 수 있습니다. (CIP제어번호: CIP2017026498)